RETOUR D'ERRANCE

Fiona GÉLIN

RETOUR D'ERRANCE

Avec la collaboration
d'Albertine Gentou

Michel LAFON

7-13, boulevard Paul-Émile Victor – Île de la Jatte
92521 Neuilly-sur-Seine Cedex

« La joie est une fleur qui dans la nuit s'allume
Et sèche mes remords et les fait gémissants... »

Daniel GÉLIN

À mon frère, Zazi,
et à Milàn, mon fils.

À toi, papa,
qui nous a quittés alors que ce livre partait en composition, m'obligeant à mettre tristement certaines phrases au passé.

Pourtant, tu seras toujours présent dans mon cœur, complice, protecteur, inspirateur éternel.

Je t'aime, papa.

AVANT-PROPOS

Passeport pour l'enfer. On s'arrête à la frontière.

Bienvenue chez les barges, les décalés, les hallucinés. Hors cadre. Hors vie. Tous exilés.

Bienvenue en H.P. : l'hôpital psychiatrique.

Ici, sans âme, vous vous perdez.

Certaines gens ont bien de la chance. Ils n'auront jamais ce passeport en poche.

Moi, pendant des décennies, il ne m'a jamais quittée. Talisman ou vilain tatouage, il me collait à la peau. Pour m'entraîner toujours plus loin sur les sentiers de l'impossible. Pour une balade dont on ne revient que rarement. Sinon jamais. Les bonus se tirent à la roulette russe. Un pistolet contre la tempe. Une aiguille plantée dans l'avant-bras. Un virus attrapé à un rendez-vous manqué. On joue avec le danger comme on se jette dans le vide d'une tour infernale. Opération suicide kamikaze.

Pour un voyage au bout du purgatoire, j'avais le ticket. Laissez-passer. Sauf-conduit pour la géhenne. En rupture. Et toujours le mal de vivre.

C'est fou les aléas de l'existence... Finalement j'ai pris quinze ans pour écrire ce livre. Une part de ma vie transcrite, affichée et surexposée. Afin de la poursuivre et de la recommencer dans la compréhension de la maturité. Dans l'espérance, aussi. Et dans la certitude de ma re-naissance. La ligne de non-retour franchie. Les épreuves acceptées, assumées, dépassées. Les couleurs du malheur abandonnées. Avec un camaïeu de teintes ensoleillées, un nouvel horizon constellé de bonheurs s'ouvre désormais à moi.

J'ai compris pourquoi ce chemin et pas un autre. Et il m'a fallu trente-neuf marches et autres z'ans pour le débroussailler, pour me connaître afin de tourner la page et prendre enfin la bonne direction. Entamer une autre route ou continuer la mienne, différemment.

Nombre de personnes dans le public et parmi les lecteurs connaissent mon histoire. Celle d'une petite fille riche. Née dans une jolie famille de comédiens. Célèbre pour ses photos de charme et des débuts prometteurs au cinéma, le septième art. Dans les journaux spécialisés en scandales, on a lu mes excès, ma perdition. Sexe, drogues et rock 'n' roll. Mais loin de me désavouer, le public, qui m'a toujours offert ses marques de sympathie, me fut d'un immense réconfort en m'envoyant des messages de soutien tout au long des années, même pendant celles de l'exil et de l'absence.

Après le plus petit film, la moindre prestation télévisuelle ou apparition médiatique, j'ai toujours reçu des montagnes de lettres extrêmement gentilles... Dans la rue, les boîtes de nuit, partout, personne ne m'a jamais manqué de respect. Et à défaut d'histoire d'amour grandiose ou de réussite explosive, ça aide. Ça permet de se maintenir à flot. La tête hors de l'eau.

En septembre 2001, pour *Succès*, une émission de télévision vérité animée par Julien Courbet, j'ai osé relater mon parcours et ma descente aux enfers dans laquelle je fus à tour de rôle Eurydice et mon propre Orphée. Grâce à ma bonne étoile et à des buts soigneusement fixés, je suis sortie de l'abîme après un certain laps de temps. Maintenant je sais ce que je veux et ceux que je ne veux pas. Pour moi et autour de moi. Personne ne changera mes idées ni ma motivation. Une chose est sûre. Je suis ancrée à la vie avec un V majuscule.

Dans ce chemin, les ronces et toutes sources de douleur sont jetées. Maintenant, je vais vous raconter les principales étapes de l'itinéraire d'une femme perdue puis reconquise à la fatalité tel un phœnix ressuscitant de ses cendres !

Afin de respecter l'intimité et l'anonymat de certaines personnes rencontrées au fil des pages, leurs noms, leurs surnoms ont été changés. Hormis ces détails, ce texte se veut une authentique autobiographie.

Que ces pages constituent un livre d'espoir pour les désaxés, les déstructurés. Pour permettre aux autres de regarder ces décalés différemment. Dans une démarche de compassion. Pour témoigner aussi d'une renaissance.

I

LA MOUCHE DORÉE

Première image

Recroquevillée sous le lavabo, l'âme en peine, je crie ma douleur en silence. Mon Dieu ! Mon Dieu ! j'ai honte. J'ai envie de me gommer, de m'extraire de la vie extérieure, de fermer les yeux... De pouvoir tout recommencer. Comme au cinéma, lorsque la prise ne donne pas satisfaction et que nous devons rejouer la scène. Mais le présent n'offre aucune échappatoire. Le temps se conjugue à l'angoisse. Au néant. Noir. Sommeil.

Deuxième image

Je ne sais plus quel jour ou quelle année nous sommes. Dans quelle contrée je me terre. J'essaie de visualiser les êtres chers. Mais mon kaléidoscope personnel fait grève. En berne comme le reste. Ma mémoire, aux abonnés absents. Je viens de me réveiller.

Une lumière bleue, douce et feutrée éclaire l'alvéole qui m'abrite.

Si vide.
Un petit lit, une table de nuit.
Une armoire minuscule.
Rien d'autre.
Que du fer blanc, de l'aluminium. Du métallique.
Je le vois.
Je vais devoir me familiariser avec les lieux,
Que je leur donne vie.
Comme décorer une chambre d'enfant sans enfant.
Je m'aperçois que l'on m'a enfermée.
Je dois attendre.
Finalement entre la honte et la patience, je suis si seule.
Si vide.
Si avide de rien...

Je regarde autour de moi pour fouiller les souvenirs. Dans mes annales, ne subsiste qu'une poubelle. Un trou noir. Un magma d'immondices. Une accumulation de gâchis. Avec mes vomis, je pourrais ouvrir une cantine de soupe populaire. Pour échapper à la nausée, je replonge dans la somnolence.

Troisième image

Le rythme du temps s'accélère et transforme mon cœur en breloque. Une odeur d'eau de Javel m'irrite le nez. Je me lève, je vacille... Ils m'ont tellement droguée de médicaments que j'en ai la bouche pâteuse ! Titubant jusqu'à la lucarne, je découvre à travers les barreaux un bout de jardin à peine deux fois plus grand que ma chambre de dix mètres carrés. Derrière les murs, je perçois des ronflements, des cris désespérés... Et toujours cette odeur âpre et triste. Le froid me transperce jusqu'aux os.

Enfermée dans cette cellule, je ne me sens bien que sous le lavabo... Comment ai-je pu tomber aussi bas ? À mes pieds, se promène une mouche dorée avec laquelle je tente de lier conversation avant de m'endormir, toujours accroupie tel un écureuil replié, sous la faïence blanche de l'évier.

L'ankylose m'arrache à ma torpeur. Dans l'impossibilité de me déplier ou de me redresser, je m'écroule sur le côté. Je me sens si seule. La mouche dorée apparaît. Elle m'accompagne dans ma détresse.

– Bonjour !

– Moi, c'est Fiona et toi ?

– Moi, c'est Honte avec un grand H.

– Que fais-tu là ?

– Et toi Fiona, que fais-tu là ? me répète-t-elle dans un écho.

Honte s'endort, se réveille, vit avec moi, c'est ma nouvelle amie.

Parce que je refuse de grandir.

Que je ne m'aime pas.

Que je suis une toxico.

Une malade.

Le veilleur de nuit passe, regarde à travers le judas et me sourit... Par automatisme, je lui rends son rictus... puis je m'endors en pleurant.

Les secondes, les minutes, les heures, les jours se succèdent. Je dors toujours. Dans l'incapacité de discerner s'il vient de s'écouler une nuit ou une semaine, je dors. Sans rêve, sans commentaire. Disparue. Évaporée. Manquante à moi-même.

Lorsque je me réveille, une infirmière me savonne dans une baignoire. Noire, boueuse, malodorante, l'eau glisse le long de mon corps sans me laver de mes flétrissures. À voir ainsi cette saleté qui me quitte, je me souviens de la semaine qui a précédé mon amnésie, de mes huit jours d'errance où je dormais sur l'asphalte, dans les parkings. Ivre morte. Raide défoncée. Sans plus aucune cohérence.

Réminiscence. Un transistor n'existant que pour moi me diffuse un programme musical assourdissant. Une musique de hard rock emplit mes écoutilles, mes tympans. Orange mécanique.

Suis-je dehors ? Dedans ? Dans un parking ? Ou dans un asile d'aliénés ? Dehors, dedans. Je ne remarque aucune différence. Dès que je bouge, l'angoisse m'étreint. Afin d'éradiquer l'anxiété, je me réfugie dans l'immobilité. Surtout ne pas se mouvoir. Ne pas respirer. Ne pas penser. Le moindre mouvement menace ce semblant d'équilibre. L'inertie me monopolise. Lorsque je reprends souffle, une tempête intérieure se déchaîne.

Temps et espace se distendent. Sons et visions se combattent. Mon histoire défile dans une succession de flash-backs. Entrelacs de diapositives, de planches-contacts, de films collés sans montage les uns aux autres. Séquence après séquence. Les images s'enchevêtrent. Arrière-plan. Travelling. Champ panoramique. Zoom ! L'objectif remonte la chronologie de ma petite existence.

On est en juillet 1987.
Au printemps 1982.
À Londres en 1979.
À Paris en 1977.
À l'île de Ré en 1967.
À Paris, le 22 mai 1962.

Ma mère accouche d'un bébé fille de plus de quatre kilogrammes. Dans le fatras de ces allégories picturales, je réalise que ce nourrisson braillard, c'est moi.

Le compte à rebours s'arrête. À zéro, le compteur redémarre.

À la maternité, Fiona, prénommée Bénédicte pour l'état civil, vient de naître. Déjà sur les registres, on n'a pas voulu d'elle. Trop marginale. Atypique. Il a fallu recourir à un autre prénom plus classique, plus académique pour la faire exister et accepter. À peine éclose, la voici déjà comme une passagère clandestine...

De mon enfance ne me restent que des bouts du passé,
Tel un jupon de dentelle débordant d'une robe rose vichy [déchirée.
Écritures inachevées, yeux délavés, cœur renfermé.
Amours cicatrisées, draps froissés d'insomnie.
Je suis ancrée dans le passé, arrimée par l'ancre argentée.
Mer morte ou mer agitée.

II

ELLE ET LUI

– Assassin ! Assassin ! crié-je à la bonne dans un accès de rage.

La laisse du chien à la main, elle frappe de toutes ses forces la pauvre bête qui hurle à la mort. Le toutou Pop-art vient de bouffer le vison de maman ; moi je déteste les fourrures.

J'ai six ans.

Arrêt sur image

Mannequin vedette, égérie de Christian Dior pendant une quinzaine d'années, modèle de Puy Tanguy, brune avec des yeux verts, des pommettes hautes, un petit nez, ma mère Sylvie ressemblait à Vivien Leigh, l'héroïne légendaire d'*Autant en emporte le vent*. Fiancée dans un premier temps avec un des héritiers de la famille Cartier puis amoureuse de mon père, le comédien Daniel Gélin au sommet de sa gloire, elle renonça alors à sa propre carrière pour l'épouser et vivre avec lui dix-huit ans d'affrontements et de scènes de jalousie.

Galerie de portraits

Primesautier, cabotin, séduisant séducteur, n'existant que pour le pain, l'amour et la fantaisie, papa était un artiste, dans tous les sens du terme et une vedette à laquelle l'univers s'offrait.

Comme il l'a dit lui-même dans une de ses dernières autobiographies, *À bâtons rompus*, sa vie s'est toujours déclinée sous le signe des rencontres. Avec Louis Jouvet comme maître et Pierre Fresnay son mentor tout d'abord, du temps de son apprentissage. En devenant le complice de Boris Vian pendant les étés tropéziens des années cinquante, puis l'ami de la lumineuse Simone Signoret ou le camarade de Marguerite Duras, Jean Carmet, Suzanne Flon, Roger Vadim, Claude Roy, Jean-Marc Thibault parmi tant d'autres.

Angevin de naissance, Breton d'adoption, Daniel Gélin n'a fréquenté que des pointures. Tout au long de son parcours, il a joué des « rôles intensément dramatiques ou des gaudrioles totalement comiques ». Mais avec tout autant de sérieux et d'enthousiasme, il s'est aussi employé à écrire, à faire du jardinage et de la peinture pour prouver, s'il en était besoin, qu'en art comme en amour, il ne se contentait pas d'un intérêt monogame. Amoureux passionné des femmes, il les attirait et les ensorcela jusqu'à la fin de ses jours par son charme et sa faculté de les faire rire.

Livret de famille

Marié en premières noces avec l'actrice Danièle Delorme, dite Lélé, son amour de jeunesse, Daniel Gélin connaît – selon l'expression consacrée – de nombreuses aventures. En 1946, cependant, le couple des Daniel's donne naissance à Xavier, le fils aîné. En 1952, d'une union libre avec une belle attachée de presse dans l'édition, naît ma demi-sœur Maria Schneider, une comédienne dont la réputation n'est plus à vanter et qui reste la seule à ne pas porter le patronyme commun. Les Daniel's divorcent. Arrive ensuite Sylvie, la deuxième femme, la mère de Manuel en 1958 et de mézigue en 1962. Après un nouveau divorce, en 1970, le « father » rencontre Lydie. Et en 1975, Laura la benjamine voit le jour. Mais nous reparlerons le moment venu de l'évolution de la tribu...

Retour au curriculum vitae

Bien qu'il ait travaillé avec les plus grands – nommons ainsi Gérard Philipe, Jean Cocteau, Jean Vilar, Jacques Becker, Jean Renoir, Max Ophüls, Sacha Guitry, Jean Delannoy, Louis Malle, Jean-Pierre Mocky, Roger Planchon, Étienne Chatiliez, Claude Lelouch, Marcel Maréchal – pour papa, le vrai talent était de savoir vivre. Il s'y essaya longtemps. Drogues, alcools, dérives et autres voyages à l'appui.

Comme on vient donc de l'apercevoir, mon père ne fut pas seulement un comédien mais une constellation, un astre, une planète à lui tout seul. Tour à tour metteur en scène, producteur, citoyen engagé ;

les amateurs connaissent ses recueils et ses anthologies de poésies, ses multiples mémoires, son journal de voyage en Amazonie et ses chroniques de jardinage. Un homme dans sa majesté accomplie.

Il comptait beaucoup pour moi. Ses conseils, ses jugements m'étaient précieux voire indispensables. Je ne faisais plus jamais rien sans l'avoir consulté. Je ne suivais pas toujours ses avis. Mais j'avais besoin de son éclairage.

À quatre-vingts ans passés, alors qu'il avouait avoir chéri ses enfants passionnément... mais mal, il se plaisait à répéter : « Sans doute vous ai-je aimés à la folie mais je n'ai pas été un assez bon père, j'ai manqué de sévérité voire de fermeté. »

Quand on devient parent, on se dit que l'on peut toujours donner plus et mieux. Mais l'important pour un enfant est sans conteste de recevoir de l'amour. Là-dessus, je le jure, j'en ai reçu.

En outre, peu de gamines eurent la chance de se faire bercer par le thème d'un spectacle où leur paternel brilla au générique. Je pense à la chanson *Que sera, sera*, dans le célèbre suspense d'Hitchcock, *L'homme qui en savait trop*. Ce film permit à Daniel de découvrir, en 1956, Hollywood où il retrouva Marlon Brando, un de ses compères de bohème du temps de Saint-Germain-des-Prés. *Idem* quand il accéda au titre de gloire nationale en jouant pour la télévision *Les Saintes Chéries* : je devins alors aux yeux de mes copines la fille de « Mon minet » ! Ce sont des détails qui ne s'inventent pas.

Très intelligente, cultivée, fort remarquable par bien des côtés, maman a cependant souffert de leurs différences. Vu ses antécédents familiaux et une génitrice au caractère belliqueux, elle s'est au fil des ans renfermée sur elle-même au point de ne retenir bien souvent que le négatif, d'entretenir une vraie brisure, de gommer la douceur de ses gestes et de devenir un être éminemment sympathique mais très bavard et toujours sous tension comme pour étouffer sous un flot de paroles sa véritable nature.

Bien qu'adorables, les parents se montraient irresponsables, trop « saltimbanques », trop cool, trop permissifs avec leurs enfants. Cependant papa m'a donné la vraie passion du métier.

Depuis mon âge le plus tendre, il m'a considérée comme sa confidente et j'ai encaissé des secrets trop lourds pour moi. Il me disait des mots doux... qu'on se ressemblait énormément, qu'on était les mêmes.

– Tu es mon rayon de soleil, me répétait-il encore.

C'était toujours une joie de se revoir, encore plus à la fin. L'amour de ses parents, on le découvre en vieillissant. Curieusement, j'aurais plus besoin de ma mère maintenant que lorsque j'étais petite. Telle une bouilloire en ébullition, longtemps j'ai tout analysé, tout disséqué mais chemin faisant, j'ai appris à lâcher du lest, à passer. Chaque réponse a son temps...

De mon enfance, je garde cependant des images, des senteurs, des couleurs qui ressemblent bien à une succession de petits bonheurs.

Fin de l'aparté.

Une scène m'a marquée à jamais. Un soir avant de sortir, revêtue d'un manteau de chinchilla, une pelure datant du temps où elle régnait comme mannequin vedette chez Christian Dior, maman me prit dans ses bras pour m'embrasser et je me mis à trembler. Sans doute, m'effrayais-je de la voir ainsi recouverte d'une peau d'animal. Toujours est-il que mon amour des bêtes freina quelque peu notre tendresse.

C'est un des rares moments de mon enfance dont je garde l'empreinte. J'ai peu de souvenirs. Avant neuf ans, je n'ai pratiquement rien retenu. Sauf quelques images. Et de rares anecdotes.

J'étais un gros bébé, des joues énormes, quatre kilos deux cents à la naissance. Il a fallu trois heures pour me mettre au monde. J'avais le pouce dans la bouche et un bras qui coinçait.

Quand j'ai débarqué dans l'appartement du boulevard de Montmorency, dans le XVIe arrondissement de Paris, Manuel, mon frère, de quatre ans plus vieux que moi, a verdi de jalousie. On dormait dans la même chambre, moi dans un lit à barreaux. Pour m'endormir, je faisais « na-na », je secouais la tête de droite à gauche et de gauche à droite. Mon frère dévissait les barreaux, et plus d'une fois, je me suis retrouvée par terre. Le matin, je me réveillais souvent les cheveux emmêlés. Mon frère collectionnait les Malabar. Il les mâchait puis les collait partout, sous sa table de nuit, ou sur ma tête, par centaines...

Bientôt, ma mère me confia à une nurse, Annie. Jusqu'à mes neuf ans, Annie fut ma maman de cœur. Mes bonnes manières – s'il m'en reste – et le peu de mes qualités viennent de cette femme.

Encore minus, j'ai des souvenirs de mon père emporté par une certaine ivresse... Dans l'appartement du XVIe arrondissement, un soir, il est venu près de mon lit pour me dire qu'il avait vu Maria, ma demi-sœur, après un trop long silence.

Une autre fois, un matin, alors que nous nous apprêtions à nous rendre à l'école, Manuel et moi avons découvert sur la table de la salle à manger deux boîtes de Ronron pour chat à côté d'une bouteille de vin d'Anjou. Manifestement papa les avait mangées en croyant que c'était du pâté de lapin...

Mais ce qui m'angoissait le plus, c'était quand les parents se disputaient et réglaient leurs comptes au cours de séances de pugilat... Surtout lorsque nous passions nos week-ends à la campagne ! C'était terrible. On se serait crus sur un ring. Annie s'occupait de nous. Habitant une chambre au dernier étage, elle se trouvait toujours sur place et ne manquait jamais de nous réconforter.

Excepté le mercredi après-midi où elle m'habillait genre kilt écossais, chaussettes blanches et vernis noirs, tresses, couettes et rubans et m'emmenait à des goûters, ma maman ne s'occupait pas de moi. En tout cas, je détestais être habillée ainsi. Je préférais me déguiser en Charlot, en sorcière et m'amuser toute seule.

Quant aux poupées, je collectionnais celles que papa me rapportait de ses voyages. Un jour, mon frère me les brûla toutes en disant que je n'étais pas sa sœur, que j'étais née dans une poubelle. Je l'ai haï comme jamais. Il a même prétendu ensuite que c'était moi qui avais décapité mes chéries...

Quoi qu'il en soit, je ne me suis consolée que le jour où les déguisements ont remplacé les poupées, dans mon premier film, *Mayerling*, où je jouais la fille de Catherine Deneuve et d'Omar Sharif. Malheureusement mon rôle fut supprimé du film et le coiffeur, en me faisant des anglaises, me brûla l'oreille au fer à boucler. C'était le temps des gadins, des bobos, des cicatrices.

Un hiver, en Suisse, nous nous amusions mon frère et moi à glisser sur les mottes de foin couvertes de neige. Je ne vis pas une fourche plantée dans la meule. Elle me rentra dans le genou droit. Je me réveillai sur la table d'examen du docteur du village. Ma nurse Annie me tenait la main pour m'aider à supporter mes premiers points de suture. Comme je boitais, mon père m'acheta une canne de bois bleue. Je me suis longtemps appuyée sur elle. Je ne voulais plus m'en séparer. Je l'ai gardée jusqu'à l'été, jusqu'au moment où nous sommes partis pour la maison que nous louions chaque année pendant les grandes vacances à l'île de Ré, au nord-ouest de La Rochelle.

Île de Ré et clé de sol. Solitaire. Terre. Finistère. Stères de bois. Bois de pins parasols. Soliloques.

Pour les férus en guides touristiques... Retour à la case départ. L'ère paléolithique. Vingt mille ans plus tôt. Les terres reliées au continent formaient un archipel. Survint la fonte des glaciers ou une intervention d'Astérix.... Ré, Ars, Loix et Les Portes se dessinèrent. Mais le grand architecte ne termina pas sa création pour autant. La topographie des lieux se transforma encore. Avant de trouver sa forme actuelle. Au gré des marées. Du nivellement des eaux. Et les îlots se regroupèrent bientôt en un seul. Les Gaulois, les Romains, les Ménestrels, les Moines, les Rois, les Républicains et les Touristes se succédèrent... Ré s'étire aujourd'hui sur une trentaine de kilomètres et rassemble une dizaine de communes.

Travelling accéléré ; la terre vue du ciel

On découvre d'immenses plages de sable fin. Des rubans formés par des dunes et des pins maritimes. Un moucheté de villages médiévaux. De petites maisons blanches. Des taches myosotis. Des volets colorés par des camaïeux de bleu. Plus loin, un fort construit par Vauban. Des ports de plaisance. Les drapeaux blancs des voiles au vent.

Contre-plongée de la caméra

On survole les marais. Les réserves d'oiseaux migrateurs. L'odeur de la terre éveille les sens et transperce l'image. On perçoit le climat privilégié, l'ensoleillement exceptionnel, le charme d'autrefois. Sans pollution. Tout en harmonie. Ré.

Havre enchanteur.
Pour les enfants et les plus grands.
Amoureux de terres lointaines.
Bouts du monde ou autres Zanzibar.
Toujours en quête d'évasion.
Comme mon âme à jamais marquée par ton empreinte.
Cherchant ailleurs ce qu'elle tient dans la main.

RETOUR D'ERRANCE

Une poignée de sable.
Mise en bouteille.
En souvenir de Ré.
En souvenir de l'enfant.
Tapi en mon cœur
En souvenir, en souvenir d'avant.

III

EN RÉ, MINEURE

En 1970, alors que le mois d'août s'achève sur l'île de Ré, ma mère nous convie, mon frère et moi, à la suivre à l'écart des habituelles festivités. Il y a quelque chose de sérieux dans le ton qu'elle emploie. Je le sens tout de suite. Tous les trois, nous nous asseyons dans le salon.

– Mes enfants, commence-t-elle, j'ai quelque chose à vous dire...

Comme elle hésite à poursuivre, j'essaye de deviner la suite de son discours. Je crains qu'elle ne nous annonce que nous ne reviendrons plus dans notre paradis aux couleurs atlantique.

Comme chaque année, nous venions de passer des vacances enchanteresses sur la plage avec les copains de mes parents. C'était d'ailleurs plutôt la bande de maman. Une sacrée bande. Papa venait de temps en temps pour s'amuser avec toute cette joyeuse équipe de l'île de Ré. Michèle Monceau, la célèbre journaliste des beaux jours de *Marie Claire,* avait une maison magnifique sur la colline. L'actrice Nicole Garcia, une grande amie de ma mère, nous rejoignait. Pas encore célèbre, avec son physique si singulier, si personnel, ou tout du moins ne répondant pas aux normes du classicisme alors en vigueur, Nicole représente pour moi une pionnière qui sut faire imposer les femmes à forte personnalité.

On fréquentait Catherine et Claude Rich, leurs filles Nathalie et Delphine, ma meilleure amie du moment ; et aussi Alexandra Stewart, et Scipion, l'écrivain.

Tandis que ma mère fait durer le suspense ou essaye de trouver les mots justes, je contemple une de mes photographies préférées, une image sublime où je pose avec Françoise Dorléac, la sœur de Catherine Deneuve morte tragiquement dans un accident de voiture, le 26 juin 1967 sur l'autoroute de l'Estérel, Midi-Côte d'Azur.

Zoom

Lorsque j'avais quatre ans ou cinq ans, elle jouait souvent avec moi. On aurait pu penser qu'on avait le même âge. C'était une fille magnifique, pleine de vie, simple, naturelle, avec une personnalité énorme et un tempérament fantasque du feu de Dieu !

Depuis je suis devenue une fan de ses films : *L'Homme de Rio* avec Bébelmondo, *La Peau douce* de Truffaut et *Cul de sac* de Polanski. Mais à l'île de Ré, toujours attifée d'un chapeau et de lunettes noires, par sa folle gaieté un rien en contradiction avec son regard traqué, elle symbolisait pour moi un torrent qui déborde à la fonte des neiges. Elle hachait ses phrases, grignotait les mots...

– À nous deux, disait-elle, parlant de sa sœur et s'esclaffant de son rire un peu cassé, nous pourrions être la femme idéale.

Ou encore :

– Je n'ai pas de temps à donner, je n'ai que du temps à perdre. L'important quand il s'agit d'amour, c'est d'agir selon ce qui nous semble juste.

Cliché inscrit dans mon cœur

Françoise allongée, divine, dans une attitude hollywoodienne, joue de son mystère avec humour. Moi, minuscule, chétive, malingre et... nue, à moitié ensevelie sous mes cheveux blonds, longs, lourds, ramassés en chignon, je me colle à elle comme pour me réchauffer à son soleil. On fait les pitres.

En fait, jusqu'à dix ans, sur la plage, je n'ai jamais eu de maillot. Ma mère, qui me photographiait sans cesse, m'a systématiquement immortalisée dans le plus simple appareil.

Plus jeune que les nymphes blondes d'Hamilton, un air d'ingénue de *Jeux interdits*, les fossettes de Fossey et le nez retroussé en moins, l'œil pailleté d'or en plus, j'offre à l'objectif sur la plupart des clichés un regard de fillette grave, d'une acuité effrayante, comme si je souhaitais transpercer le secret des âmes.

Une année, je n'ai plus supporté cette nudité. À Noël, j'ai demandé un maillot de bain vichy – petits carreaux blanc-bleu ou blanc-rose – avec un nœud sur le côté comme c'était la mode ! D'ailleurs pour rentrer à la maison, je m'habillais de jupes vichy fraise et blanc, j'adorais ça. On se parait beaucoup de blanc à ce moment-là, de ballerines, de tennis. Légère, pétillante, l'ambiance se balançait aux rythmes de la *Dolce Vita*. Et de quelques pas de cha-cha-cha. C'était une belle époque. Complètement géniale.

Pour moi, les vacances à l'île de Ré représentaient les retrouvailles avec ma mère. Sans conteste, en ces temps-là, Sylvie aimait recevoir et savait préparer des pique-niques de façon absolument divine ! Avec d'énormes salades de riz, des petits morceaux de tomate, de poivron, de jambon, de gruyère et des concombres émincés, des carottes, des œufs durs dans des Tupperware géants. J'en ai encore le goût dans la bouche...

Aujourd'hui, je continue la tradition avec mon fils. Je pourrais manger de ces salades tous les jours. Rien que pour le goût d'enfance qu'elles m'évoquent. Et surtout parce qu'au moment de la dégustation, j'ai encore ma mère sous les yeux, qui s'applique à nous régaler. Je pense à ces moments de bonheur quand elle faisait ça, quand elle s'occupait de nous. Ce n'est pas grand-chose mais comme souvenirs de maman, je n'ai que cela. Et puis elle était tout le temps joyeuse...

Fin de l'aparté.

Toujours assis dans le salon, en chiens de faïence, on se regarde. Ma mère, mon frère et moi. On attend celui qui va se risquer. Oser parler ou poser des questions...

– Voilà, reprend-elle enfin, ce n'est pas la peine de faire vos valises, nous ne repartons pas pour Paris.

À peine a-t-il le temps de digérer l'information, mon frère se lève et renverse la petite bibliothèque. Il a déjà compris : nos parents divorcent. Sur le coup, je suis ravie et j'essaye de le convaincre :

– Manu ! Plus de cris, plus de disputes. C'est fini ! On va vivre au bord de la mer, au soleil. À 4 heures, on ira à la plage.

Au comble de la joie, j'imagine comment je vais grandir dans cette île que j'aime tant, là où depuis plusieurs années nous profitons des plus beaux étés. Je retrouverai mon père pour les vacances scolaires, seul. Je me nourrirai de pique-nique chaque jour...

Et c'est ce qui se passe. À quelque chose près. Les dînettes et quelques détails en moins. D'autres chagrins en plus.

*
**

L'une des premières mesures causées par notre changement d'existence fut de congédier Annie. Avec horreur, je compris trop tard que ma nounou bien-aimée allait s'éloigner de moi.

Pour n'avoir jamais connu de séparation définitive et réelle, je ne pouvais pas prévoir ce que provoquerait le départ d'Annie. C'était comme si je perdais deux fois ma mère. Une vraie rupture. J'ai beaucoup pleuré. Souffert. Un terrible bobo. Irréparable. C'était l'horreur. J'ai même dû entamer une psychanalyse, plus tard, pour faire le deuil de cette perte. Mais pour l'heure, afin de survivre et oublier, j'allais m'astreindre à jouer le rôle qu'on attendait de moi.

De neuf à dix-huit ans, j'ai peu revu cette femme si attachante. Devenue adulte, une fois à Paris, j'ai pris l'initiative de renouer de façon régulière avec elle mais, pendant de longues années, elle m'a cruellement manqué. Rien ne pouvait me consoler. Même pas les vacances qu'il m'arrivait de passer avec elle. Au contraire, ce rapprochement temporaire accentuait l'absence, le manque, l'inacceptable des jours où j'étais privée de sa tendresse et surtout de son exclusivité.

Pendant quelques saisons, en effet, je l'ai retrouvée durant l'été. Depuis qu'elle n'était plus notre gouvernante, Annie s'occupait d'une autre famille. Devenue copine de Sandra, la fille sur laquelle elle veillait, et de ses acolytes d'origine tunisienne, Sylvia et Anouche, deux sœurs formidables, je participais aux fêtes d'anniversaires et autres réjouissances. En feuilletant un album photo, je nous revois. Annie, Sandra, moi et une autre fillette potelée. Nous sommes maquillées comme des aborigènes fous de papillons et de cœurs.

Aujourd'hui encore, après trente ans de complicité et de passion commune pour le même métier, Anouche, mon amie d'enfance demeure ma complice la plus fidèle.

Tunisie, sieste, amandes fraîches, Adolescence, maturité, fidélité, bonheur... Voilà les mots qui font d'Anouche ma sœur de cœur. Une folle envie de vivre, une âme généreuse, si douce, si intelligente... Je t'adore... un livre ne suffirait pas à te décrire. À vie... Ensemble. Toujours là à chaque première pour m'encourager et me galvaniser ! Elle remplace mon Xanase (mon demi-frère Xavier), aujourd'hui, hélas, disparu. Tout à la fois comédienne et directrice d'acteurs, elle est en passe de devenir un grand metteur en scène.

En 1971, nous voilà donc tous en vacances. Annie, Sandra, Manuel et moi chez les deux frangines en Tunisie qui nous hébergent dans la maison de leur famille, au cœur même de leurs racines. La Marsa, près de Sidi-Bou-Saïd. Instants idylliques. Mer, rires, baignades et dégustations de sorbets.

Un enfant peut avoir un regard grave et mature sans pour autant ne rien perdre de son insouciance. On s'en donne à cœur joie. On passe son temps à se déguiser en Indiens. On se grime la figure de peintures de guerre et on se lance dans des poursuites à en perdre le souffle. Parfois, on se balade dans les rues de La Marsa.

C'est au cours d'une de ces excursions que je subis un des plus gros chocs de toute mon existence. Je savoure un cornet de glace au sabayon lorsque nous dépassons le seuil d'un marchand de journaux. Mordue de bandes dessinées, j'essaie comme à mon habitude d'attirer mon petit monde vers ce genre d'étal.

Sur son présentoir, parmi quelques titres internationaux, j'aperçois *France-Soir*, la référence française par excellence. Machinalement, mes yeux se portent sur la une. Et là, sans vraiment comprendre, je lâche ma crème glacée ; mes jambes se dérobent et je me sens glisser dans un grand trou noir. Tombée raide sous le coup d'une crise de spasmophilie ! Évanouie direct.

Annie est à quelques pas et, très vite, elle me rejoint. Déjà, elle essaie de me ranimer. Survient Manuel. À son tour, il voit le gros titre.

– Annie, regarde ! Le journal annonce la mort de papa !

Anouche se précipite. Tandis que je reviens à moi, mon amie parcourt l'article et enregistre la principale information qu'il faut en retenir.

– Pas d'affolement ! tempère-t-elle.

– Tu ne sais pas de quoi tu parles, dis-je en hurlant. Papa est mort ! Regarde !

– Non ! Lis jusqu'au bout... Sous la photo, le journaliste mentionne en petits caractères « et ressuscité en Terre sainte ».

– Il a dû avoir un malaise, explique alors Annie pour nous apaiser, mais il s'en est sorti...

Sans plus attendre, nous nous précipitons pour rentrer chez nos hôtes afin de téléphoner. Après plusieurs heures de pénible attente pour établir une liaison téléphonique, les présomptions d'Annie sont enfin confirmées par maman qui réussit à nous joindre. En voyage en Israël, papa, sous l'effet d'un coup de foudre amoureux, a fait un accident cardiaque mais il s'en remet...

Quelques mois plus tard, nous apprendrons que sa nouvelle dame de cœur rencontrée sous les palmiers de la Terre promise s'appelle Lydie. Bientôt ils se marieront et donneront naissance à Laura.

Trois décennies de lune de miel n'altéreront pas leur bonheur. Mon bohème de père avait enfin trouvé avec cette femme de trente ans sa cadette l'amour de sa vie.

Pour ma part, depuis le début de leur histoire, j'ai un vif attachement pour cette beauté brune, d'origine juive, qui incarne sans aucune fausse note la bonté, la force, l'équilibre, l'écoute et la sagesse. Instigatrice du rassemblement de la tribu Gélin et ange gardienne missionnée, Lydie protégeait groupe, homme, femmes et enfants avec la même générosité pour chacun.

Il n'empêche que mon premier rendez-vous avec la mort fut un coup de théâtre heureusement raté.

IV

BELLES DE L'ÎLE

À l'île de Ré, pour aller à l'école située juste derrière le jardin et me retrouver dans la cour de M. et Mme Passagne, les directeurs, je n'avais qu'à sauter un muret. C'était amusant mais j'avais peu d'amis dans cet établissement. C'est dans cette école qu'on est venu me chercher un matin pour m'emmener au mariage de ma mère et de Bruno, le très gentil docteur d'Ars.

Pendant presque dix ans, la vie fut douce. On partait le dimanche en bateau ou on entreprenait des balades dans les marais. Je me suis rapprochée de maman. Si elle s'était montrée un peu plus autoritaire, elle aurait été une mère parfaite. Mais je la considérais davantage comme une merveilleuse complice, amusante et brillante, plus amie que parente. Néanmoins je lui disais, je lui racontais tout. Pas sévère pour deux sous, elle pouvait tout entendre. Une copine, en somme. Lorsqu'on se disputait, on s'affrontait plutôt comme deux gamines du même âge.

À présent, je crois deviner qu'elle se comportait ainsi parce que cela correspondait aux mœurs de l'époque. Question éducation, certains maîtres à penser préconisaient ce genre de rapports. De surcroît, Sylvie, élevée dans un contexte monoparental par une mère autoritaire et revêche, devait certainement faire tout pour ne pas ressembler à celle qui l'avait trop bridée. Quoi qu'il en soit, restent de cette période des souvenirs irremplaçables.

Dans ma chambre bleue, sans désarmer, maman m'apprenait la grammaire anglaise et espagnole avec une constance, une pugnacité qui est à souligner. Sur la linguistique, elle était infatigable. C'était d'autant plus surprenant que je qualifiais ce sujet de totalement suant. Mais l'étude a pour chacun des attraits que le bon sens ignore... Pour l'heure, ces exercices renforcèrent les liens entre les deux générations.

Nous habitions une maison magnifique à un étage. Ma mère l'avait décorée avec beaucoup de goût. On y accédait par deux entrées différentes, une pour les patients, une pour les amis.

D'un côté, on profitait d'une salle à manger, à laquelle succédait le salon, un long couloir avec des dalles noires et blanches, et un escalier qui nous permettait d'accéder aux chambres et aux salles de bains. Au rez-de-chaussée, au bout de cet interminable couloir, on trouvait des toilettes qui ressemblaient à un théâtre et dans lesquelles je me terrais pour écouter les consultations que mon beau-père accordait de l'autre côté du mur, où se situait son cabinet professionnel.

L'été, il soignait souvent des victimes de la route. Pour cette raison, le carrelage noir et blanc était parfois taché de sang. Ça donnait une touche d'irréalité à ce décor. C'était d'autant plus poétique qu'il suffisait d'ouvrir la porte sur le jardin pour se retrouver près du bassin et des nénuphars ...

Mon beau-père, Bruno, fou passionné de voitures, se lavait les mains toute la sainte journée... Mais malgré son apparence un peu froide, j'aimais bien ce maniaque de la propreté. Juliette, sa fille, devenue elle aussi comédienne, travaille dans une petite troupe de théâtre...

J'ai revu Bruno il y a quelques années quand je suis allée faire un reportage photo à Sainte-Marie. Entre-temps ma mère et lui avaient divorcé. Il gardait en archives tous les articles sur mes films, mes télés, mes exploits sportifs... Chaque fois que je passe désormais, je vais l'embrasser... Il est toujours à Ars... Dans *Succès*, l'émission dont j'ai déjà parlé, on me voit devant sa maison, où j'ai grandi...

Mauvaise écolière, je n'aimais pas travailler. Tant bien que mal je me suis hissée jusqu'au C.E.S. de Saint-Martin, une école en pleine campagne vendéenne, réputée pour ses résultats avec les « enfants à problèmes ». Mais j'étais tellement nulle que j'ai dû redoubler la sixième. La plupart du temps je faisais le mur pour vagabonder et me promener dans les champs. Avec l'équitation et le cross, deux disciplines sportives où j'excellais, je ne brillais bizarrement qu'en français et en philo. Cela ne m'a pas suffi pour éviter de redoubler, aussi, ma troisième.

Mes premiers attouchements, je les ai vécus avec une copine de classe, Astrid. Je mettais entre mes jambes une grosse chaussette de montagne appartenant à mon frère et avec cette amie, nous nous embrassions en faisant du frottis-frotta. Elle était jolie, Astrid...

Le matin, mon chat Taï m'accompagnait jusqu'à l'arrêt du car, et quand je revenais le soir, il m'y attendait. Mon père me manquait. Je lui écrivais de longues lettres. Il me répondait toujours. Je lui ai raconté un jour le premier film que j'avais vu : *Un été 42*. C'était la première fois que j'entendais le mot « capote » et cela me troublait.

À la librairie, je volais des bandes dessinées pour adultes que je cachais sous mon ciré jaune ou dans mes bottes de pêcheur et la nuit je les lisais.

À la droguerie (déjà !), j'achetais des accessoires pour décorer mes tongs ou pour fabriquer des colliers de perles que je monnayais sur les marchés. Au 1er Mai, je me précipitais avec le même enthousiasme pour vendre des bouquets de muguet.

Parmi mes copines, je comptais Olivia J. Ma complice aux parfums de l'enfance. Olivia fait aujourd'hui profession et vocation de nez – au sens noble du terme. Née de bonne famille et nez de grandes marques ! Elle me fait penser à un sublime bouquet, un long lis magnifique... Mais aussi aux roses trémières, au chèvrefeuille de l'île de Ré. Toujours ravissante. D'une classe folle. Elle rejoint ma cohorte des belles de l'île, en ré, mineures.

Au milieu de ce délicieux archipel, un autre atoll, un îlot de julots, un pote : mon premier copain, Arnaud. Pendant quelques années – nous le verrons bientôt – il jouera un rôle prédominant... Mais à l'adolescence, il était déjà mon confident. Mon frère d'adoption en quelque sorte.

Folle Enfance ! Heureuse adolescence...

Zoom

Assise dans la cour de l'école, une nouvelle élève de douze ans, les yeux tristes derrière ses grosses lunettes, regarde les autres jouer à la balle, je m'approche d'elle mais elle détourne la tête sans me voir et je n'ose lui parler tant elle semble abstraite, concentrée sur un ailleurs inaccessible.

Finalement, c'est elle qui m'accoste. La première qui me parle dans ce bus pour aller au C.E.S. Elle me parle à moi, surnommée la Parisienne. Venue comme elle d'un autre monde, pour atterrir dans cette île de Charente.

Je l'ai tout de suite aimée. Son regard éternellement tourné vers l'horizon, ce silence... Avant de parvenir sur nos côtes, elle connaissait déjà presque tous les rivages du bout du monde et de l'Amérique du Sud qu'elle avait abordée en bateau et qu'elle savait par cœur. Je l'enviais ! Je la rêvais. En couleur. Bronzée à souhait, noix de coco, samba. Ses longues jambes en train de parcourir la passerelle de sa caravelle, l'*Étoile de mer*. Son cœur resté là-bas, accroché comme un coquillage sur ces îles lointaines.

– Alors Mademoiselle...

– Comment tu t'appelles ?

– AnnIsabelle !

Dès lors, il ne fut plus question que d'elle. Belle en île de fado et de ré. J'allais rejoindre ma meilleure amie dans sa chambre. On se retrouvait pour se raconter, pour rêver ensemble, pour lire nos poèmes. De très longs cheveux en désordre, toujours des pulls roses, myope, presque aveugle, toujours à la recherche de ses lentilles ou de ses binocles. Secrète, triste, très triste, trop triste pour rire longtemps !

Comme j'aimais ses seins beaux et lourds, ses petits yeux bridés et son sourire timide. Ma meilleure amie.

Pourquoi es-tu partie, AnnIsabelle ? Si vite sur un bateau entre deux eaux. Cette mer que tu adorais a souhaité te garder à jamais. Il est vrai que tu ne parlais jamais d'avenir. C'était pas pour toi, disais-tu. On se complétait : toi la renfermée, moi l'extravertie. Je te devinais dans tes longs silences. Je n'ai jamais connu quelqu'un d'aussi secret, d'aussi réellement tendre que toi, petite fille des îles. Elle en île de Ré mineure.

Quelques mois après notre rencontre, alors que je musardais en vacances à Paris et que nous étions toujours aussi proches, coup de téléphone. Paris. Novembre. Décembre. Je ne sais plus. Je ne retiens pas les dates de malheurs.

Journaux. Gros titres. « Une jeune fille morte au cours d'une tempête sur l'île. » Le bac, la voiture. Un cri. Qui sait ? Sur le bac, une jeune fille est retrouvée écrasée par une citerne... Au cours de la traversée, elle est sortie du véhicule familial, elle n'a pas vu le danger survenir. Un méchant coup de tangage. Le drame. Cette fois-ci, les gros titres des quotidiens régionaux disaient vrai. Hélas...

Je ne veux pas y croire. Elle est toujours là quelque part. Jamais je ne suis allée sur sa tombe, dans le petit cimetière des Portes. Ne m'en veux pas. Je veux garder ton souvenir intact. On le savait. Ta vie passerait aussi vite qu'elle avait commencé, comme un point. Non, une virgule. C'est facile de pleurer. C'est dur de ne pas vouloir oublier. Je t'emporte avec mon adolescence parfumée de tes encens. Je te prends, je te garde dans ma boîte à souvenirs. Ma première amie. Mon autre. Je t'aime. Je t'aime si fort, si étrangement maintenant que tu es partie, laissant derrière toi tes écritures, tes sourires furtifs et la chaleur de ton corps contre le mien, pour mieux nous endormir, nos rêves feutrés par le désir. Je vivrai pour toi... À ta place. Non, toi en moi.

*
**

AnnIsabelle morte, je suis allée chez les bonnes sœurs. Ce ne fut pas une des expériences les plus heureuses ni les plus positives de ma vie. Un méli-mélo se chevauche dans ma tête. Sans rien de vraiment intéressant à développer. Après avoir vécu en liberté comme un jeune animal sans aucun interdit, je me heurtais à la rigidité de dogmes incompréhensibles. Il n'y avait plus que l'ennui à tuer. Et la foi, à laquelle je renonçai sans jamais l'avoir véritablement approchée.

Deux étés de suite, à l'île de Ré, vers seize ou dix-sept ans, j'ai travaillé sur les marchés comme charcutière. Ça me faisait un peu d'argent de poche. Juillet-août. Je me levais à 6 heures du matin, je prenais mon vélo, j'adorais ! Les ambiances, les palabres, les plaisanteries. On allait au comptoir, on discutait, on se parlait. C'était chaleureux, plein d'humanité. Je faisais les cageots, je vendais du boudin, du jambon, des bouchées à la reine.

Au tout début de mes premiers lauriers, en 1982, lorsque j'ai commencé à sortir, à brûler les nuits parisiennes et que je fréquentais l'Élysée-Matignon, la boîte de nuit à la mode, je croisais beaucoup de gens qui m'avaient vue sur les marchés et ils disaient à voix basse : « C'est la charcutière de l'île de Ré ! »

Entre-temps, avant de songer à la notoriété, j'avais dû d'abord planifier le bac. J'envisageais alors de le passer par correspondance. Malgré des notes assez époustouflantes en lettres, je ramais.

Sans mon frère, Manuel, parti à dix-huit ans en pension à Paris pour terminer ses études, restée seule avec ma mère à partager de délicieux instants où l'amusement primait sur toutes les autres priorités, je n'obtins pas les résultats escomptés.

Un peu plus tard, je suis allée passer un week-end chez Manuel à Paris. J'en ai profité pour revoir Arnaud, mon compagnon de vacances de l'île de Ré. Comme tous les hommes de ma famille, il travaillait dans le milieu du cinoche. Lors de cette visite, il m'a présenté Pierre qui allait devenir au fil des mois mon premier amour à défaut d'être, comme je l'ai cru alors, l'amour de ma vie. Pourtant à la première rencontre, je n'ai pas eu de coup de foudre. Je ne le trouvais pas terrible...

La première fois que je l'ai vu, ce Pierre portait un appareil dentaire pour redresser ses dents et je l'ai trouvé très laid. Mais, chose curieuse, j'ai rêvé de lui le soir même ! Je me suis dit : « Zut ! Je le vois dix minutes, je le trouve laid, et je rêve de lui... » L'attirance s'est développée ensuite, au fil de mes escapades dans la capitale.

Pour obtenir mon bac, j'aurais dû persévérer encore un an mais, très amoureuse de Pierre, j'ai préféré m'installer à Londres pour jouer à la baby-sitter car l'Angleterre était plus proche de l'être aimé... Ma mère me proposait de partir pour les U.S.A. afin de suivre des cours de théâtre dans une école prestigieuse et satisfaire ainsi mon goût de la comédie mais déjà, les hommes passaient avant tout... Grande romantique, je choisis l'Angleterre, à quelques heures de l'état de siège de mon cœur.

Je suis devenue femme assez tard, bien après la plupart de mes amies. Les règles, les seins ne sont apparus qu'à dix-sept ans. Dès lors, je ne pus jamais entrer quelque part sans ressentir l'ambiance vaguement électrisée, et paniquer. À l'inverse de certaines filles qui aiment être détaillées, admirées et sifflées, les réactions des hommes me perturbaient.

Me tenant comme une attardée, la tête dans les épaules pour cacher ma poitrine, les cheveux pendouillant sur le visage pour faire écran, j'ai commencé à boire de l'alcool pour me donner du courage, pour supporter le regard des autres... Je n'avais pas besoin de grand-chose mais il me fallait mon petit verre de blanc pour entrer dans un restaurant ou pour aller à un rendez-vous avec un garçon. Pour oublier que j'étais dans la ligne de mire.

Travelling

Après mon baby-sitting londonien, comme à toutes les vacances scolaires depuis que j'avais eu quinze ans, je rejoignis mon père, Manuel, Arnaud et bien entendu Pierre, à Paris. Mais il ne se passait encore rien entre nous...

De cette échappée belle, je retiens surtout le voyage de l'aller, à bord d'un train qui n'avait pas le confort et l'élégance des convois aérodynamiques d'aujourd'hui. Comme à son habitude, ma mère m'avait préparé de formidables sandwiches dont elle avait le secret. Mais vu l'œil concupiscent et obséquieux de mes voisins de compartiment, je me suis réfugiée dans les toilettes pour les dévorer, complètement affamée, en dépit de l'odeur épouvantable.

Zoom

Un soir, Pierre, qui était venu me rejoindre dans mon paradis, m'invita dans un des restaurants de Ré. C'était la première fois que je sortais ainsi. J'étais si maigre que j'ai mis deux collants en laine sous mes jeans pour me donner plus de formes. Heureusement on approchait de l'hiver car l'été, avec ce genre d'accoutrement, je me retrouvais toujours en nage...

Déjà, je me construisais une vie insupportable. Quand je revois les photos, avec le recul, l'évidence me frappe : j'étais « canon », vraiment magnifique ! Mais je ne me supportais pas telle que la nature m'avait fabriquée...

Le dîner expédié, mon flirt m'entraîne chez lui, dans une chambre louée à l'habitant. Quelques baisers plus loin, il manifeste le désir de me caresser... De me voir nue. Je proteste. Argumente. Souligne mon innocence. Je ne l'ai jamais fait. Mais il m'embrasse encore. Gomme doucement mes résistances. Au point de me faire oublier où je suis.

Dans un sursaut, soudain, je me souviens de mon armure. Je fais mine de me précipiter dans la salle de bains pour enlever mes collants. Mais Pierre refuse que je bouge. Il souhaite savourer chaque instant. Sans expérience, je ne sais comment faire. Remplie de honte, je disserte afin de sauver la face et j'obtiens en désespoir de cause de me désaper dans le noir. Subrepticement, le plus discrètement possible, je me dépouille de mes artifices.

Tout cela pour quelques caresses soi-disant volées à la surveillance parentale. Mais il me fallait bien inventer des prétextes pour rester vierge et respecter les principes et l'idéal d'amour auxquels j'aspirais.

Sans m'en rendre compte, je préparais mes futures angoisses. Quand j'y pense, c'est dingue de s'autoconditionner ainsi dans la peur ! Le malaise. Le manque complet de confiance en soi. Pourtant j'étais belle. À présent je le sais. Mais je n'en avais peut-être pas conscience à l'époque. Ma mère ne m'a pas encouragée, c'est certain. Ni elle, ni personne d'ailleurs. Pourquoi l'aurait-on fait ? Avec le recul, je m'aperçois qu'il était difficilement concevable pour les autres que j'aie autant de complexes. Ma famille devait me trouver superbe et ne pouvait imaginer que je me considérais comme une fille vraiment moche. Nous aurions dû en parler. Encore aurait-il fallu y penser.

Aujourd'hui, je le fais avec Milàn, mon fils de treize ans, tellement sensible. Quand je le vois s'angoisser et avoir les mêmes réactions que les miennes à l'époque, tout de suite, j'appuie sur le frein. « Milàn, lui dis-je, je vais t'expliquer, tu prends une mauvaise route... Si tu continues ainsi, toute ta vie tu vas être malheureux. » Réceptif à mes conseils, il s'est fortifié en même temps que moi. En connaissance de cause, pour lui, je retrace les problèmes de mon adolescence, lorsque j'étais influencée par trop de lectures... Rimbaud, Verlaine... De poèmes sur le thème de la création puisant son essence dans la souffrance... Et je me suis mis martel en tête ! Martel, marteau ! Non ? D'une sacrée violence ! Dans la fragilité.

Sensible, honnête et extrêmement crédule, je faisais confiance à tout le monde. J'avais une tendance à me répandre. On lisait en moi comme dans un livre ouvert. C'est cela qui m'a perdue, je n'étais pas faite pour ce monde actuel où l'on trouve tant de requins.

Femme enfant ou enfant femme. Fille des sixties plus que fan de multiples idoles, j'aimais le style baby-doll. Corps de sylphide, face d'elfe, androgyne comme toutes les copines de mon âge, ayant reçu en patrimoine le nez de papa, j'appartenais à une race de mutants.

Certains hommes de la génération de mon père se plaisaient à me voir comme une héroïne de Cécil Saint-Laurent, Caroline Chérie ou autre fille émancipée, héritière de Martine Carol ou de Brigitte

Bardot, éprise de l'amour libre et de toutes les audaces.

Les idées de Mai 68 mènent encore campagne à l'époque. Sans compter la révolution rock 'n' roll ou punk. Les jeunes se débattent entre recherche de *Satisfaction* (des Stones) et le *No Future* (des Sex Pistols). Les années quatre-vingt se pointent pour clore les trente glorieuses. Gainsbourg chante *La Décadanse*. La mode s'inspire de l'anarchie. Le sida ne sévit pas encore. Mais dans la confusion, les plus naïfs perdent leurs repères et le sens des valeurs.

Comme tout cœur pur, je me cherche. À l'instar de beaucoup d'autres femmes, je crois m'être trouvée dans les yeux du garçon que j'aime.

V

L'HÉROÏNE NUE

Bien que j'aie vécu les neuf premières années de ma vie dans la Ville lumière, je m'étonnais toujours de son mouvement lorsque j'y revenais. C'est quand même fou la capacité de l'être humain à oublier ce qu'il a connu. En retrouvant la capitale, je la regardais un peu comme l'a filmée un jour Lelouch dans un de ses films. En accéléré. Sur une chanson de Brel, *La Valse à mille temps*. Sa caméra tanguait et captait tous les tempos de la place de la Concorde. Complètement émerveillée, j'assistais au spectacle de ce manège permanent. Après Ré, Paris apparaissait aussi étincelant que (Las) Vegas après la traversée du désert.

Souvent à L'Hermeline, la maison de week-end de papa, qui fut la nôtre pendant toute notre enfance, le « clan Gélin » se retrouvait au complet. Ainsi, à la fin des années soixante-dix, je passais souvent du temps avec Laura, la fille de Lydie et de papa, qui devait avoir alors une dizaine d'années et Hugo, le fils de Xavier, âgé de cinq ans. Rétrospectivement, je m'aperçois qu'il ne manquait que Maria (Schneider). Vêtu souvent de blanc, en pleine forme, papa n'avait rien à envier à Gary Grant au faîte de sa cinquantaine. Lydie s'affichait très *mama*. Xavier paraissait débonnaire à côté de sa femme, Evelyne, superbe et altière. Manuel, ténébreux. Et moi, je suivais tout ce joli monde, le regard droit, la tête haute comme une femme d'honneur, toujours accompagnée de Peanuts, mon bichon maltais.

L'Hermeline, cette maison magnifique, très grande, en vieilles pierres, avec son lierre sur la façade et ses cinq chambres où l'on accueillait une foule, a beaucoup compté pour Manuel et moi dans notre enfance. Avant la séparation des parents, on y séjournait fréquemment. À vrai dire on y allait chaque semaine le vendredi après l'école et au lieu de rentrer le dimanche après-midi dans les embouteillages, on partait peu avant minuit ou le lundi matin très tôt. On m'emportait dans une couverture pour m'installer endormie dans la D.S. Je sentais le ronronnement de la voiture qui me berçait. Chaque fois que je vois une D.S., je pense à ça. On habitait boulevard de Montmorency, à l'époque. Ensuite, Lydie et papa ont déménagé boulevard Murat.

À L'Hermeline, on faisait beaucoup de spectacles de mômes, Manuel et moi. Il y avait la grange, le préau, avec à l'époque la table de ping-pong, et derrière, le jardin, le potager, et la forêt et les lapins. Papa peignait dans un grand atelier.

On a gardé la maison jusqu'à mes vingt-deux ans, il me semble. Dès qu'il a épousé Lydie, papa a reçu beaucoup de monde. Ayant dirigé un cabaret, *Le Pied bleu*, pendant un temps dans le quartier de Pigalle, Lydie invitait des comiques, des artistes, des femmes qui chantaient en s'accompagnant à la guitare. Ils faisaient des bœufs. C'était génial. On faisait des grands jeux de société... La maison servait aussi de lieu de tournages. De quinze à vingt-deux ans, j'y suis venue en vacances.

À en juger d'après ma mine sur les photos de l'époque, j'appartenais encore au club des jeunes filles de bonne famille. Pourtant... C'était le calme avant la tempête.

*
**

Au seuil des années quatre-vingt, Paris ressemblait à la caverne d'Ali Baba tant elle regorgeait de lieux pour s'amuser. À l'instar de New York, de Tokyo ou de Londres, c'était une métropole survoltée, s'apprêtant déjà à bondir vers un autre millénaire.

Les jeunes groupes de rock foisonnaient, les Rita Mitsouko en tête. On dansait comme des kangourous : on « pogotait ». Au Gibus, du côté de la République, ou dans d'autres night-clubs, aux abords de l'Olympia. Des nuits entières. C'était du délire pur. Il régnait une véritable émulation. Une explosion tant musicale que picturale. Kiki Picasso, un des peintres du groupe Bazooka, s'affichait à la une de *Libé*. Et pour une gamine comme moi qui débarquait de sa Charente sans ses charentaises, il y avait de quoi s'en donner à cœur joie. De quoi devenir une boulimique culturelle. Le courant passait. Chacun avait envie de participer.

Mon copain Arnaud me sortait partout. C'était inimaginable, les gens qu'il connaissait. Il m'entraînait dans des vernissages. J'ai toujours eu une attirance pour les arts plastiques et le regret de ne pas avoir développé ce moyen d'expression. À chacune de mes escales, Arnaud me parlait de ses pérégrinations. Un jour, il me relatait le concert de Blondie ou de Grace Jones au Palace. Lors de mon séjour suivant, je l'écoutais évoquer tel ou tel film où il avait eu un rôle ou une figuration.

Ensemble, nous allions traîner du côté de la Bastille pour remonter ensuite vers Ménilmontant et terminer la nuit à Pigalle où, certains soirs d'été un peu chauds, se donnaient des spectacles de strip-tease forains. On avait nos rades, nos escales, nos troquets. D'autres soirs, il nous arrivait de préférer la rive gauche, Montparnasse et la Closerie des Lilas pour terminer vers l'Opéra, perdus dans un Blue lagoon, le cocktail de rigueur dans certains bars fréquentés par des noctambules patentés.

Cette ambiance me galvanisait et me dépaysait. Après Ars et mes plages océaniques, j'avais l'impression d'atterrir sur une autre planète. Pourtant Paris ne m'était pas inconnue. Mais je la découvrais en dehors du contexte parental. Arnaud, qui me connaissait bien, me servait aussi de point d'ancrage. De guide. De garde-fou. Plus jaloux et protecteur que les grands frères qui pour l'heure avaient d'autres nuits à griller.

Chaque fois que je séjournais à Paris, comme je retrouvais régulièrement Arnaud, je voyais Pierre, son éternel copain, « enraciné » là. Je l'ai d'abord croisé juste comme ça mais, après l'avoir jugé insignifiant, je l'ai trouvé de mieux en mieux. Patati, patata... Un petit flirt a suivi. Rien de sérieux. Un peu vieille école... Platonique.

À seize ans, même canon, j'étais un bébé, un bonbon ! À la même époque, le magazine *OK* – genre *Podium* – a publié une petite annonce qui cherchait une jeune personne de mon âge pour jouer dans *Une fille cousue de fil blanc*, un long métrage de Michel Lang, célèbre pour ses *Petites Anglaises*. Après avoir envoyé une photo, j'ai passé des essais avec succès... mais maman n'a pas voulu. Depuis son divorce d'avec mon père, elle prenait seule les décisions concernant mon éducation. Et malgré mes protestations, mes coups de fil désespérés, mon père ne s'est pas opposé à son veto.

– Tu ne feras pas de cinéma si jeune, trancha-t-elle, tu dois finir tes études.

Ensuite Yves Robert, le deuxième mari de Danièle Delorme, l'ancienne femme de papa, souhaita que je sois la fille de Jean Rochefort dans son film, *Un éléphant, ça trompe énormément.* Mais Sylvie s'obstina dans son refus et Yves prit alors des jumelles. Deux sœurs pour en remplacer une ! Je n'étais pas peu fière, même si l'aventure tournait à mon désavantage. Pour adoucir ses sentences, ma mère me permit de venir plus souvent à Paris.

De seize à dix-huit ans, j'ai vu Pierre le temps des vacances scolaires. Il fréquentait plein d'autres nanas. Il ne me le cachait pas. Mais on se retrouvait l'œil brillant. Nous flirtions toujours ensemble. Pour rompre avec la routine parisienne, il avait même passé huit jours à Saint-Martin-de-Ré après la saison estivale. Avait suivi l'épisode de l'effeuillage déjà raconté. Des liens plus sérieux se créaient.

Malgré ma naissance dans les beaux quartiers de la capitale, mon allure, ma timidité trahissaient un peu la provinciale. Sans doute inconsciemment avais-je peur. De sauter le pas. De quitter l'enfance qui me protégeait. De changer de vitesse de croisière et d'abandonner la vie entre parenthèses de Ré.

On flirtait depuis plus de deux ans avec Pierre quand maman m'a proposé de m'emmener à Genève où il jouait dans un spectacle. Je n'ai rien vu de la ville tant j'avais le trac. Là, elle m'autorisa à passer la nuit avec lui. Et comme j'étais toujours amoureuse, je me suis décidée à pousser plus loin la romance...

La première nuit fut affreuse. L'horreur. Je l'avais trop attendue. Rêvée. Espérée. J'avais déjà écrit quinze romans sur notre histoire. D'un seul coup, la réalité me rattrapait, non dans sa banalité, mais dans sa difficulté. Les poètes pourront dire ce qu'ils veulent, perdre sa virginité n'est pas une partie de plaisir. En outre, passer du fantasme à une relation authentique relevait d'un exercice plus subtil que je ne l'aurais cru. Le réel n'était pas à la hauteur de l'imaginaire.

Après cette longue et chaste relation entre nous, j'avais complètement idéalisé les choses et la souffrance provoquée par cette première étreinte était disproportionnée en comparaison de l'exaltation que j'en attendais.

En rentrant, j'en ai parlé avec ma mère. Je discute toujours avec elle, je l'ai dit, comme avec une de mes meilleures copines. Je ne lui ai rien épargné. Jamais. Ni les amours, ni les excès. Autant je cachais tout à papa sur le sujet, autant je me confiais à elle. Je lui ai tout dit. Même cette première fois. J'étais déçue. Et je ne cessais de lui répéter : « Si c'est ça, le sexe ! »

Sur ces entrefaites, je suis partie pour Londres, seule un an. De nouveau l'horreur ! Là-bas, je me lamentais comme Juliette sans son Roméo. J'ai détesté Londres. C'est fou comme les jeunes prennent tout au sérieux et se démarquent par une absence totale d'humour. Je n'avais jamais fait l'amour, je passe à l'acte, je trouve ce rituel épouvantable mais cette expérience ne m'empêche pas de me morfondre loin de mon galant... Beaucoup auraient cherché compensation ou fleurette ailleurs, non, il fallait que je gémisse sur mon sort.

Maintenant, j'ai une passion pour cette ville et j'apprécierais d'y vivre mais en ce temps-là, c'était loin d'être le cas... Soit ! Je n'avais guère le choix. C'était cela ou passer mon bac A par correspondance ou encore m'embarquer pour le Nouveau Monde, à un océan de brasses coulées, au pays du hot dog. Cette décision fut la plus grosse erreur de ma vie. J'aurais dû m'enfuir vers l'Amérique...

À Londres, dans la famille formidable qui m'employait comme baby-sitter, je ne parlais que français et ne fis donc aucun progrès dans la langue de Shakespeare. Je n'appris pas une broque. À mes temps libres, je ne sortais qu'avec des copines italiennes...

*
**

Un jour, Pierre est venu me rejoindre. J'ai tout quitté pour le suivre. Les flics se sont lancés à ma poursuite et m'ont ramenée au bercail. Mais entre-temps, pendant les deux jours passés ensemble, j'ai pris mon premier acide, ces pilules que l'on nomme aussi L.S.D. Merci Pierre. Voilà, ça a commencé ainsi. L'acide...

Alors que je ne fumais même pas de joint ! Je n'ai jamais aimé ça. Fumer un petit peu me rend bizarre. Il m'est arrivé de consommer du hasch le week-end parce que ça me faisait dormir comme un bébé. Après avoir bouffé tout le frigo... Longtemps j'ai été entourée d'amis qui fumaient dix pétards par jour, mais moi, je détestais ça car cela me ralentissait, au sens propre comme au sens figuré. Avec un pétard dans la tête, je ne pouvais même pas conduire. J'en profitais seulement à la maison, avec « mon homme » ou une amie en regardant un film drôle. Il ne fallait pas que je bouge. Si je devais prendre la voiture, fumer chez des gens et sortir, j'y renonçais.

Pour moi, l'acide ne fut pas une expérience inoubliable ; je la qualifierais plutôt d'ubuesque, d'originale, d'hallucinante. Mais Pierre appartenait à cette espèce de garçons qui ne vibraient qu'en prenant des substances prohibées. Le normal n'était pas son ordinaire.

Un autre week-end, je l'ai retrouvé dans un coin de campagne française et j'ai reniflé mon premier rail d'héroïne. Mon initiation s'est donc passée à la campagne. Dans un milieu protégé. Le fait que Pierre soit l'acolyte d'un de mes meilleurs amis conférait à la défonce un côté presque familial. Il n'y a pas eu de rupture. De dépaysement. Je n'ai pas connu d'endroit sordide ou glauque. La file d'attente chez les dealers, ou autre genre de galères, ne me sont arrivées que bien plus tard. Pour nous, la came était aussi naturelle, aussi conviviale qu'un verre de champagne.

L'héroïne m'a tout de suite, très vite, immédiatement apaisée, consolée. Mise très à l'aise. Avec une patate du feu de Dieu. Ça remplaçait ce qui me manquait. Dieu merci, je ne me suis jamais shootée. Je respirais la poudre mais je ne me piquais pas. Sauf une fois. J'ai fait une allergie et le corps, le visage dans leur entier ont viré rouge écrevisse-aubergine. J'ai appelé moi-même le Samu. C'était trop affreux. J'aimais bien gérer la défonce. Et la drogue ne me mettait pas du tout à plat comme la plupart des toxicos. Au contraire ! Elle me remontait. J'en prenais pour assumer le quotidien, pas pour perdre le contrôle.

Une ligne le matin au réveil – la plus importante – et je faisais la journée avec. Un petit coup le soir si je sortais. Je n'ai jamais dépassé, au début. Mais quand je me suis mise avec Pierre, il y en avait souvent plein la maison. À la fin de notre vie commune, il se shootait tous les quarts d'heure.

Mais pour l'heure, nous n'étions qu'aux prémices de notre aventure. Je me contentais généralement d'un rail juste pour la route. Et là, je découvris le moyen d'atteindre le nirvana, de connaître un sentiment d'absolu, de plénitude... Lapalissade ! Soudain prosaïque. Juste. Lucide. Capable d'escalader des montagnes. D'assumer le quotidien *(bis)*. Je sentais l'énergie monter en moi. Lorsque j'en prenais deux doses, je devenais mystique. Une avec le cosmos. Je me trouvais intelligente. Il me semblait lire dans les secrets de l'univers. Mais même amoureuse, toujours très attentive à me préserver, je restais vigilante quant aux doses à ne pas dépasser. Et comme je ne voyais encore que très rarement Pierre, c'était, me semblait-il, sans danger.

Après le périple londonien, ma mère a enfin accepté que je m'installe à Paris et que je m'inscrive dans des cours de théâtre pour préparer le Conservatoire. Et là, au lieu de prendre une ou deux lignes par jour, comme je vivais la plupart du temps avec un garçon qui se shootait quotidiennement, au bout d'un moment j'ai augmenté les doses...

Un jour, une maquilleuse avec laquelle j'avais sympathisé me dit :

– Viens avec moi, je vais maquiller une nana...

Sur place, j'ai discuté avec cette fille qui m'a demandé si je voulais faire des photos de charme. Confondue par mon ignorance, elle m'a expliqué...

Ma carrière a commencé ainsi. Je travaillais alors comme standardiste intérimaire pour payer mes cours de théâtre. J'allais gagner en trois jours de pose le salaire que je touchais en deux mois... Je n'ai pas hésité. D'autres auraient eu le cran de refuser la facilité. Pas moi.

Je projetais donc de passer le concours du Conservatoire. Après quatre ans chez les bonnes sœurs, le Conservatoire m'amusait, je voulais le tenter. Avec Pierre, on a répété *Les Jumeaux* de Victor Hugo mais on s'est fait recaler au deuxième tour. Ensuite, je me suis orientée vers des cours privés. J'ai travaillé rapidement. En faisant pas mal de figurations. Je ne souhaitais pas encore me brimer ; je préférais découvrir mon métier sur le terrain. Le succès est arrivé assez vite... Mais par une voie à laquelle je ne m'attendais pas.

Pour moi, la nudité ne constituait pas un problème métaphysique. On l'a vu, j'ai grandi comme une fille d'Ève. Mes photos ont marché pour ça. Pour leur naturel. Leur évidence. Dans mes gestes, on décelait une telle spontanéité, une telle fraîcheur que ce n'était jamais vulgaire. On m'en parle encore. C'est devenu une sorte de référence. Et cela m'a aidée à vivre. Pendant dix ans très exactement.

Beaucoup disent que cette activité a terni mon image. Selon eux, on m'a immédiatement cataloguée comme un sex-symbol. Mais même en empruntant un chemin différent, je l'aurais été de toute façon. Dans les films, on m'a toujours proposé des rôles où je me dénudais et où je m'exhibais en maillot. Actuellement, je reçois toujours des scénarios de la même veine... Mais les propositions comme les promesses n'engagent que ceux qui les écoutent ou les acceptent... Et j'ai tourné la page.

Sur le moment, mon attitude, le fait que je pose aussi naturellement et que je multiplie les séances, a désarmé les gens.

– Oui, j'aime ça, répétais-je à qui voulait l'entendre, quel est le problème ? C'est vous qui avez un souci ou un problème avec la nudité pour poser de telles questions.

Comme aujourd'hui, malgré ma frousse, j'avais mon franc-parler. Autant appeler les choses par leur nom. Sans mots alambiqués ni a priori surannés.

Oui, j'aimais ça ! Poser. Me mettre à nu, et m'offrir au regard de l'autre. Et ne dites pas que dans les pages précédentes, j'ai affirmé le contraire. Soit ! vous auriez raison. Mais une vérité a d'autant plus de force quand elle fait écho à une contradiction.

Sur scène, devant la caméra ou un objectif, bizarrement je suis bien. Sans inhibition ni timidité. Je joue un autre personnage. Je m'expose sans être vue. À retardement. Sans avoir à subir les projections ou les pensées transférentielles des uns et des autres.

Dans ce jeu, je pénètre de l'autre côté du miroir. Totalement livrée – délivrée – à l'impudeur. Cela va bien au-delà de la provocation. C'est un art de vivre. Une philosophie. Un peu comme de l'homéopathie : on soigne le mal par le mal. On ose l'impossible. On transgresse ses propres limites. On devient une autre. Et par le truchement de l'image photo ou du film, on demeure intouchable. Inaltérable.

Sans cet épisode, je n'aurais pas évolué. J'aurais continué à paniquer. En rasant les murs. J'aurais prié pour entrer dans les restaurants sans qu'on me voie. Comme je faisais adolescente. Je me serais contentée de fréquenter les bars-P.M.U. où l'on ne m'ennuie jamais. Assise à une petite table. Devant un demi ou un verre de blanc. Avant d'oser agir. Je me serais étriquée. Il faut avoir le courage de se violer. De se contraindre à placer la barre un peu plus haut qu'il n'est permis.

Pour la première séance, j'avais frappé très fort. Ma mère n'a pas apprécié. J'avais invité le photographe à faire le reportage dans la maison de l'île de Ré.

Quand le *Playboy* est sorti avec la couverture et douze pages à l'intérieur, le lecteur pouvait facilement reconnaître la maison du docteur d'Ars, le confort de son foyer, la salle de bains des parents et leur lit à baldaquin... Cela a fait un de ces esclandres ! Maman est allée aussitôt chez le libraire du village acheter tout le stock de magazines, mais c'était trop tard. Le mal était fait. Elle m'a traitée d'inconsciente. De provocante. De rebelle.

Pour ce coup d'essai, où je frimais en robe de mariée, genre soubrette qui s'émancipe, guêpière et jarretières à l'avenant, je fus mal payée. Mais les tarifs ont vite augmenté. De quatre mille francs, mes cachets ont atteint cinquante, cent mille francs et plus...

Immédiatement après mes premières photos de charme, je suis partie pour le Brésil quatre ou cinq mois... poser comme « playmate » pour *Lui* ou le *Playboy* du pays. On s'était mis d'accord, l'équipe et moi. C'était un échange. Contre mon travail, le responsable de la publication me proposait un hébergement et une invitation à rester pendant six mois dans une famille tous frais compris. Ça tombait à pic. Mon histoire avec Pierre s'effondrait. Il m'avait même larguée. Pour une autre. Évidemment.

À l'époque, j'étais encore clean. À peine touchée par les « cuites » ou les quelques lignes d'héroïne... Et retrouvant mon indépendance non sans soulagement, je terminais mon éducation sentimentale et expérimentais enfin une certaine liberté. D'aimer.

Dans la bibliothèque d'une amie de ma mère, un titre avait retenu mon attention : *La Liberté en croupe*. La saga d'une fille libre. Ça datait un peu mais le désir d'émancipation n'est pas né d'hier. Nous, les nanas, ne sommes-nous pas toutes des filles d'une pionnière répondant au doux prénom d'Ève ?

Au Brésil, pays de la fête et de l'abolition des tabous, il n'était pas difficile de s'affranchir. J'y retrouvais des amies italiennes avec lesquelles j'avais fait du shopping à Londres. Pendant quelques jours, j'ai vécu avec l'une d'elles de douces étreintes. Puis, me laissant de nouveau captiver par la gent masculine, j'ai déployé mes talents d'amazone pour séduire deux jeunes éphèbes à la peau cuivrée.

Samba. Cuba libre. Samba. Je m'éclatais. Mais mon frère Manuel se mariait. À Paris. Et il me fallut rentrer. Adieu Rio et Cariocas...

Un magazine français acheta les droits du reportage brésilien dont j'étais la vedette et le publia « avec couverture », tralala et grand renfort de pub. À la suite de cette nouvelle parution, le réalisateur Alexandre Arcady me remarqua... Il me convoqua même pour des essais et je fus sélectionnée.

*
**

Sur ce, je me réconciliai avec Pierre... Et les galères recommencèrent.

L'histoire d'amour se transforma en une aventure glauque. N'hésitant jamais à me faire connaître des situations sordides, jouant de ma jalousie, de mes nerfs, Pierre m'a trompée. Sans doute croyait-il ainsi goûter les grands frissons d'une passion débridée. Pour mieux se sentir aimé. Pour exister. Au détriment de l'autre.

Le plus terrible pour moi n'était pas forcément qu'il couche avec d'autres nanas mais qu'il me mente. Qu'il me prenne pour une débile. Qu'il me mette en situation de trahison. D'inconfort. D'insécurité. Et même simplement d'imbécillité. Ce genre de comportement vous pousse toujours plus loin dans le chemin de la destruction. Parce que vous êtes confrontée à un sentiment d'injustice. D'incompréhension. Cela jouait sur mes complexes. Mon malaise. Ma difficulté de vivre.

Cela dit, lorsqu'une rupture survient, on a toujours tendance à critiquer l'autre. Et si Pierre n'a pas agi proprement, je dois dire, avec le recul, que je lui laissais toute latitude pour le faire. Je ne m'y opposais pas. Je subissais. Les grandes scènes de l'acte II !

Au début, quand on a commencé à se chamailler, il partait en voyage à chaque scène. Je profitais de son absence pour me mettre au vert et ne pas prendre de poudre. Je me sentais en vacances. Cette hygiène naturelle me sauvait. Mais l'habitude et une sorte de dépression due à une relation sentimentale insatisfaisante ont érodé mes bonnes résolutions. Dès que je prenais une petite dose, la fatigue, la lassitude de vivre s'envolaient. Mes complexes, mes autocritiques cessaient. Grande, belle et intouchable, je ne craignais plus rien.

Les mois défilaient. Je m'isolais. Enfermée dans ce premier amour. Une passion qui dura sept ans... Des cris, des pleurs, des coups, des disputes, des voyages, des moments inoubliables... Des années de galère, la débâcle.

Fidèle pendant très longtemps, quand j'ai compris que Pierre me cocufiait sans arrêt, j'ai craqué. Comme je sortais énormément et que je ne voulais pas rentrer seule le soir, j'ai alors eu beaucoup, beaucoup d'hommes. Entre autres. Cela signifie que j'ai aussi vécu avec des femmes. Le plus longtemps, pendant six mois. Mais avec elles, c'était plutôt de l'amitié tendresse. À la suite d'un coup de cœur. Quand une histoire se présentait bien, je m'y engouffrais. Ce mode de vie a encore accentué mon image de fille sulfureuse.

Après les photos de charme, deux ans de sortie à l'Élysée-Matignon chaperonnée par Christian Vadim et Antony Delon, mes deux potes de régiment, ma réputation n'était plus à faire.

Passée trop vite de l'enfance à l'adolescence, je m'égarais. De rencontres malsaines en endroits sordides. N'importe où. N'importe comment. Pratiquant le sexe à l'envers. Non en raison des positions, mais parce que je m'offrais sans amour ni désir. Juste pour me souiller. Et frôler le précipice vers lequel je me sentais poussée. Comme le néant qui me rongeait.

Oublier. Taire. S'étouffer. S'étourdir. Ne plus savoir où aller. Ne plus discerner la portée de ses actes. Tout réduire au rien. À force de trop rêver, on ne fait plus rien en effet, on recule, on tombe et on se fait mal... Jusqu'à n'être plus que l'ombre de soi-même...

Comme le dit Julia Roberts dans le superbe film guimauve *Pretty Woman* : « À force d'être traitée comme de la crotte, on le devient... »

Et je n'en fus pas loin.

Critiquant Pierre auprès de tous ceux sur lesquels je m'épanchais pour me donner bonne conscience, je menais grande vie. Du moins en apparence. Dans cette dégringolade, je ne me servais que de mon panache. Et bien qu'il ne fût guère flamboyant, je m'entêtais.

Je m'envoyais en l'air. En tentant de gommer de ma mémoire cet amour malheureux. La vie distordue de mon amant. Ses pannes sexuelles à force de trop d'héroïne. Quand trop défoncé, il fumait ses cigarettes à l'envers. Ou qu'il restait pendant trois heures sur la page 15 de sa « bédé » préférée.

Moi, j'aimais encore trop la vie. J'avais envie de faire l'amour. Toute la nuit. Nuits après nuits. Envie de danser jusqu'à l'aube. Je fumais. Je buvais. Je sniffais. Je « la » fumais. Étourdie. Pour parvenir à l'oubli. Au bout de la nuit. L'amnésie de la nuit.

Heureusement, j'ai arrêté très vite. C'était trop déphasant. Trop dangereux. Dans un réflexe d'autodéfense. Parce que je me respectais, aussi. Au dernier moment, j'ai récupéré...

Le fait de se respecter, de ne pas se traîner à quatre pattes et de ne jamais s'envoyer en l'air pour avoir sa dose m'a préservée de mes mauvais instincts. C'est important, ce don de survie. Cette grâce qui fait qu'au plus mauvais moment, à l'instant même où l'on s'apprête à larguer les amarres et à tout lâcher, on choisit de se conserver. Mais trêve de bavardages...

En m'astreignant à rester seule, loin de l'influence de gens négatifs, et à m'abstraire de toutes tentations, je pris un autre envol. Et la véritable chance fut alors que je retombe amoureuse. Sauvée par le gong. Pour un instant.

VI

MOTEUR !

Le nouvel élu de mon cœur s'appelait Jacques Penot, un jeune premier à l'avenir prometteur. Avec lui, je connus de belles oasis. Et comme il est parfois difficile de parler de certains proches, je recours à un subterfuge.

Dans le magazine et la rubrique du même nom, *Le Playboy du mois*, où les séducteurs dévoilaient tous leurs tours, la chronique consacrée à Jacques Penot le définit assez fidèlement. Son auteur, Pascale Jugé, m'a permis d'en reproduire quelques extraits.

« Ce Jacques Penot, écrit la journaliste, était trop beau pour être vrai. Devant lui, devant son image, les copines s'extasiaient. De son air d'enfant boudeur. De ses merveilleuses compositions. Pour ne nommer que le *Crime d'amour* de Guy Gilles, *Au nom de tous les miens* de Robert Enrico au cinéma et *Les Hauts de Hurlevent* mis en scène par Robert Hossein au théâtre. Sans oublier bien évidemment sa dernière interprétation qui l'a affiché à côté de Dominique Sanda, *Le*

Matelot 512, qui annonçait *Adieu blaireau* de Bob Decout et *Strictement personnel* de Pierre Jolivet... »

Oui, en marin, mon héros tenait bien la ligne. Il savait incarner comme personne les moussaillons un peu gauche. Quand il s'étoffait, il nous faisait même croire que nous étions revenus au temps mythique du cinéma français entre 1930 et 1960.

« C'était, commentait miss Jugé, carrément du Pépé le Moko à la sauce Reggiani façon Gervaise. »

« Bébé dauphin devenu requin », il pesait de tout son poids pour donner la réplique à Dominique Sanda et Bruno Cremer en exposant un bon registre et une cuisse sexy.

La journaliste poursuivait en insistant sur ses yeux couleur menthe Ricqlès. Sa nature de baroudeur. Un rien agité. Super présent. Excessivement séduisant. Elle enchaînait sur l'interview. Il était en transit entre deux avions. Il aimait les voyages. Le Sénégal, le Brésil, le Maroc.

Jacques confiait son bonheur de se sentir aimé, de vivre à deux, de faire des concessions, de s'adapter et d'accepter l'autre... Il avouait aussi qu'avec Elle [*moi*], il s'était beaucoup assagi. C'était une belle déclaration d'amour.

Dans cette longue interview, il parlait aussi de ses copains, musiciens de rock. De ses envies d'écrire des paroles avec son pote Boris Bergman et de réaliser un clip vidéo. De son prochain tournage en Argentine sous la direction de Juan Buñuel...

Toute une époque ! Par bien des côtés, Jacques ressemblait à Pierre. Ils avaient en commun un air de poète. Inaltérable. Une touche de Rimbaud et de Dylan premier cru. Des accros de la route. Un zeste fragiles. Trop honnêtes pour vivre bien avec leur ambiguïté permanente propre à l'air du temps, empreinte de l'idéologie dispensée par des journaux comme *Actuel* ou *Libé*. On voulait « Tout, tout de suite ». On désirait l'amour et en même temps on revendiquait la liberté. Les contradictions nous étouffaient. Sans doute étions-nous simplement trop jeunes. En manque de maturité affective.

Mais pendant mes instants de vie partagés avec Jacques, je travaillais beaucoup.

Action !

Contrairement à ce que l'on pourrait croire, *Le Grand Carnaval* ne fut pas mon premier film et Philippe Noiret ne fut pas le premier à me donner la réplique. Celui qui en avait eu la primeur s'appelait Omar Sharif. J'avais cinq ans. Dans *Mayerling*, j'étais sa fille et celle de Catherine Deneuve... Ma première expérience cinématographique fut sabrée au montage, hélas, comme cela arrive parfois.

J'avais deux scènes. Pour la première, les cheveux coiffés en anglaises, en petite robe de satin rose et blanc que j'ai toujours gardée, je jouais dans le salon avec un vieux manège de chevaux de bois semblable à ceux que l'on voit encore sur l'esplanade du Trocadéro mais en miniature. Et puis, il y avait aussi l'épisode du balcon où la famille royale salue le peuple. En fait, les deux plans s'enchaînaient. Comme c'est souvent l'usage au cinéma, nous avions tourné les séquences dans le désordre, de la façon dont je viens de les décrire, mais dans le script – le scénario – le salut précédait le jeu.

C'est papa qui m'avait emmenée sur le tournage. Il savait qu'on cherchait une petite fille et il avait fait en sorte que je sois prise. Depuis toujours, papa m'a poussée. Dans ma manière d'être, dans ma façon de jouer seule ou même en bande, de raconter des histoires, de participer aux spectacles de l'école, il savait. Ce métier m'appelait... J'étais faite pour jouer.

Pendant huit jours, il m'a accompagnée aux vieux studios de Boulogne-Billancourt. Comme tous les enfants, j'étais d'un naturel désarmant, très à l'aise. Déjà je m'ennuyais lors des séances de maquillage et de coiffure... à cause de préparatifs bien trop longs. Je ne me rappelle pas m'être vue à l'écran mais je me souviens parfaitement des moments de complicité partagés avec Omar. De photos avec lui. De fous rires. C'était vraiment un bon copain de papa.

Avec Catherine Deneuve, par contre, je n'ai eu aucun rapport. J'ai gardé l'image d'une femme très belle. En fait, elle m'a beaucoup plus marquée lorsque je suis partie un peu plus tard, avec son fils Christian (Vadim), un de mes amis d'enfance, en colonie de vacances en Suisse... Christian m'invitait souvent dans leur appartement. Mais bien que Catherine fût assez copine avec ma mère, je n'eus pas le loisir de la fréquenter ou de l'approcher car son emploi du temps ne le permettait pas...

*
**

J'ai repris le chemin des studios en 1981, tout d'abord pour un téléfilm avec Alice Sapritch et quelques figurations dont *Beau-Père* de Bertrand Blier et *Guy de Maupassant* avec Simone Signoret, Claude Brasseur et... Daniel Gélin.

Arrêt sur image pour la belle Simone. Magnifique. Ado, j'ai adoré *Le Chat* avec Gabin et le mythique *Casque d'or*. La première (et la dernière) fois que je l'ai croisée, c'était donc sur ce tournage de *Guy de Maupassant*. J'y faisais une apparition en danseuse. Comme papa participait, j'ai eu la chance de déjeuner avec elle. C'est au cours de ce film que s'est tissée mon amitié avec mon pote Claude Brasseur. Tournait également avec nous une vraie nature, Véronique Genest !

En 1982, Alexandre Arcady retint ma candidature pour *Le Grand Carnaval*. Né en 1947 en Algérie, Alexandre Arcady était entré dans la postérité en 1972 alors qu'il jouait dans *Avoir vingt ans dans les Aurès*. Mais très vite, on le remarqua comme réalisateur, scénariste et producteur. En 1978 pour *Le Coup de sirocco* et en 1981 pour *Le Grand Pardon*. Par la suite et toujours avec l'Afrique du Nord ou le Moyen-Orient comme sujet, il allait tourner, entre autres succès, *L'Union sacrée* en 1989, *Pour Sacha* en 1991 et en 2000, *Là-bas*.

Pour mon coup d'essai, j'avais en face de moi une belle distribution : Philippe Noiret, Macha Méryl, Jean-Pierre Bacri et Gérard Darmon. Sans oublier bien sûr Roger Hanin, Richard Berry et Patrick Bruel qui comptent parmi les comédiens fétiches d'Arcady.

Dans le film, on assiste à une scène terrible : Macha Méryl, la femme de Noiret, entre dans la chambre où elle nous surprend, lui et moi, la maîtresse ingénue. Elle doit alors me donner une gifle...

Au début du tournage, elle m'avait dit qu'elle ferait attention à ne pas me faire mal... Mais le moment venu, on a discuté. Pour se préparer et coordonner nos réactions. Et on s'est mis d'accord. À l'instant crucial, elle n'a hésité qu'un instant.

– Je te la donne ?

– Oui, vas-y !

Et j'ai vu... Elle me l'a vraiment donnée ! On n'a fait qu'une seule prise. Tellement la gifle était forte. En vrai. J'étais sidérée. Soufflée par la surprise. Cela s'est vu. J'avais la trace de ses doigts sur ma joue. Ce n'était pas du bluff.

D'un premier abord un peu froid et réservé, Macha est restée une amie que j'ai souvent revue par la suite. Sous sa retenue se cache une épicurienne attachante, vive, spirituelle, authentique. Partager son quotidien devient un régal tant elle aime la vie et l'amour.

Pendant les premiers jours en Tunisie où se déroulait le tournage, elle m'a aidée. Épaulée. Pour que je me sente acceptée. Ce n'était pas évident. Une telle opportunité pour moi. Mais cela me déroutait.

Curieusement, je m'intégrais difficilement dans le groupe. C'était impressionnant. Tous ces hommes se connaissaient bien. La plupart partageaient les mêmes références. Malheureusement sans écho pour moi. En outre, je n'avais ni l'habitude du rythme du travail, ni l'expérience de l'atmosphère qui règne dans une équipe lorsqu'on tourne en vase clos comme c'était le cas, ici, dans un village du club Med, à Bizerte.

En effet, le comportement des acteurs et des techniciens change en fonction du fait qu'ils vont ou non rentrer chez eux le soir. Encore ignorante des subtilités de l'existence, je sentais une émulation voire de l'excitation dans mon environnement sans que je puisse en discerner la cause. Depuis, j'ai compris l'ambiance. Se retrouver loin de chez soi, c'est un peu être en colonie de vacances, retomber en enfance et refaire les blagues de potaches dont on garde la nostalgie... Mais la jeunette d'alors était une bleue. De surcroît un peu verte de ne rien piger !

Je me confiai à Macha. Dès lors mon chaperon se fit un devoir d'expliquer à son époux cinématographique pourquoi je me tenais à l'écart comme une biche au milieu des loups. Et Philippe lui aussi m'adopta. Très protecteurs et grands seigneurs, Noiret et Méryl m'invitèrent ensuite à dîner tous les soirs. Je respirais. Leur affection me rappelait le confort familial.

Sur ce tournage, j'ai aussi beaucoup apprécié Gérard Darmon, un homme bien, courtois, respectueux envers les femmes, et Luc Besson, qui dirigeait la deuxième équipe technique, celle qui filmait les mouvements de foule, les plans d'ensemble. Même débutant, il maîtrisait déjà parfaitement son art. Travailler avec lui suscitait un véritable intérêt. Son enthousiasme provoquait mon admiration et ma joie.

Pour les scènes intimistes, les acteurs s'exécutaient sous la vigilance féroce d'Arcady. C'est ainsi que je qualifierais l'homme, vigilant et féroce. Avec raison, il me traitait comme une professionnelle et ne me fit pas de cadeaux. Parfois, je trouvais ses réflexions exagérées. Injustes. Nombre de personnes, il est vrai, ayant atteint une certaine réputation dans les métiers dits artistiques, font payer aux débutants une sorte de dîme qui les initie aux épreuves par lesquelles eux aussi sont passés. On ne peut pas dire que ces pratiques incitent à travailler dans la joie...

Mais je me rattrapais autrement. Il suffisait que j'écoute Roger Hanin parler avec sa faconde des pieds-noirs. Me faisant petite souris, j'enregistrais tout sur ce peuple que le *Larousse* définit comme « un colonisateur français en Afrique du Nord » et sur les juifs d'Algérie qui obtinrent la nationalité française en 1870 alors que la plupart d'entre eux étaient établis dans ce pays soit depuis deux millénaires soit depuis l'Inquisition et l'expulsion des juifs d'Espagne et qu'ils ne revendiquaient absolument pas leur appartenance à cette identité pied-noir. Comme les 3 B – Bruel, Berry et Bacri – Arcady appartenait à cette diaspora.

Curieusement, je ressentis ma plus grande joie l'ultime jour de travail. Je découvris alors un rituel auquel je n'avais jamais assisté. Un des assistants déclara soudain très cérémonieusement :

– Eh bien voilà, Mesdames, Mesdemoiselles, Messieurs, c'était le dernier plan...

Et à ce moment-là, tout le monde applaudit à tout rompre ! C'était magique d'entendre ce qui pouvait ressembler à une salve d'honneur. Pour ma part, je fondis en larmes. La surprise, ce baptême du feu ont embrasé mon émotion. Autant mon premier jour s'est estompé de ma mémoire, autant le dernier y est à jamais gravé ! Je revois le coucher de soleil qui illumine mon tête-à-tête avec Philippe Noiret comme s'il avait eu lieu hier. Depuis, j'y vais de ma larme systématiquement, à chaque fin de tournage. Je recueille ces moments comme des pierres précieuses, et je me demande toujours quand je vais réentendre ces mots clés : « Moteur » et « Action » !

Après *Le Grand Carnaval*, j'ai enchaîné avec un film italien jamais sorti. Heureusement. Car il s'est mal passé. L'expérience fut horrible. Le metteur en scène, un vrai goujat, vexé par mon refus de coucher avec lui, me fit supporter d'atroces humiliations. Pire. Il m'a avilie. Il exigeait que je refasse les scènes jusqu'à l'épuisement. Je n'en pouvais plus. Pour le supporter, je me consolais avec un Lexomil et un coup d'asti, un vin mousseux un peu sucré... Ce super macho me persécutait et me pourrissait la vie dans un rapport de forces permanent.

– Tu n'es qu'une petite morveuse ! répétait-il à l'envi.

Lors d'une scène d'amour avec l'un de mes partenaires, il a atteint tous les sommets.

– Pleure ! Crie ! hurlait-il. On dirait que tu n'as jamais joui. Montre un peu ce dont tu es capable... Tu ressembles à un glaçon...

Sa diatribe n'en finissait plus. C'était dur. Pervers. Cruel. Il souhaitait que je craque. Mais sous mes airs fragiles de gamine soumise, je faisais ce que je voulais. Malgré les pleurs, la honte, j'ai résisté et je ne lui ai pas cédé. Ni physiquement. Ni moralement. Et je ne lui ai pas accordé le plaisir de déceler dans mes yeux la moindre larme, même si, pour parvenir à cet exploit, je sanglotais des nuits entières !

Après ce navet, j'ai tourné *Frankenstein 90*, un film d'Alain Jessua. Avec Jean Rochefort, Eddy Mitchell et Marc Lavoine. Un vrai bide. Mais une ambiance géniale. Je faisais la femme du toubib, Jean Rochefort, et la petite amie du monstre, Eddy.

On s'est éclaté pendant un mois. Dans les environs du Beaujolais. Une véritable tournée des grands ducs. On mangeait souvent à Lyon dans des bouchons où je goûtais à une gastronomie de choix. Comme je suis plutôt du genre anorexique, il va sans dire que mes camarades devaient déployer un certain talent pour me dissiper.

Avec Jean Rochefort, je me sentais en sécurité, il faisait partie de la bande à papa. Il avait le même humour. L'œil tendre et protecteur. Un peu taquin. J'étais en terrain connu. Il m'appelait Fiona Félin. Ça m'est resté. Souvent, les gens avec lesquels j'ai travaillé ont repris sans le savoir ce sobriquet.

Fiona Félin
Sans venin
Ni potin
Toujours copain
Fiona Féline
Mutine
Câline
Libertine
Animale
En cavale.

*
**

Au Festival de Cannes, je rencontrai bientôt Marido, Marie-Dominique Girodet, la femme de Claude Zidi, un autre grand nom du cinoche. Devant le Martinez, un des hôtels cultes de La Croisette. Un attaché de presse nous a présentées. En se serrant la main, d'un seul regard, on a jeté aux orties les mondanités. Immédiatement ça a collé entre nous. Quand on se parlait, on se recevait cinq sur cinq. Dans le vif du sujet. À rire ensemble comme deux gamines. Comme si nous nous étions toujours connues. À tel point que cette grande amie deviendra quelques années plus tard, en 1989, la marraine de mon fils...

Sur le moment, elle n'osait pas me parler de son projet en préparation. Il s'agissait du film de Jean-Charles Tacchela, *Escalier C*, qu'elle souhaitait produire. Un film intimiste, délicieux. Elle ne pouvait me proposer qu'un petit rôle. Mais j'avais adoré *Cousins Cousines*. Pour moi, c'était un honneur de figurer au générique. J'ai donc accepté.

Dans cette histoire où je jouais une femme peintre, petite amie de Jacques Weber, je faisais un strip-tease devant Robin Renucci. Mon numéro, paraît-il, fit sensation. On m'en parle encore.

Toujours est-il que je me remémore toujours volontiers cette aventure. Donner la réplique à Renucci fut un régal. J'aimerais beaucoup retravailler avec lui... Depuis il vit en Corse. Mais il tourne pas mal, notamment d'excellents téléfilms. Avec son élégance quasi britannique, une séduction qu'il retient au coin des lèvres et son intelligence, c'est un de mes plus charmants partenaires.

En feuilletant mon album photo, je me vois en noir et blanc sur la plage pour présenter *Escalier C* à la presse en 1983 avec Catherine Leprince, une belle nana qui avait une certaine cote au box office et avec laquelle je suis devenue copine. À présent, elle a abandonné le cinéma. Désormais psychologue en province, elle vit à la campagne en compagnie de ses chevaux qu'elle aime tant. On a fait la promotion du film ensemble. Comme deux jumelles. Brune et blonde. En jouant de nos contrastes pour mieux apprivoiser le grain de l'image.

Dans ce film comme tous dans les autres, finalement, je n'étais guère habillée. Mais l'attention que toute l'équipe me manifestait m'a donné le sentiment d'être bien plus qu'une simple paire de fesses ou de seins. D'exister enfin proprement.

Dans le même temps, j'ai passé des auditions pour une pièce de théâtre. On ne m'a pas retenue. Mais ce dont je me souviens, c'est de la lecture devant le producteur du spectacle, l'auteur et le metteur en scène.

Quelques instants avant l'examen, j'ai relu mon texte avec le comédien déjà sélectionné, un garçon connu alors pour son homosexualité. Dans la scène que nous devions interpréter, il m'embrassait. On s'est mis d'accord sur certaines subtilités de jeu puis on est passé à l'action devant le jury.

Morte d'appréhension, je me lançai. Quand le moment fatidique arriva, je me rapprochai et mon camarade m'embrassa. Mais coup de théâtre, si j'ose dire, il s'exécuta vraiment. Sans faux semblant. Nous avons échangé un vrai baiser. Chose imprévue. Délicieux ! Formidable. Ça m'a chamboulée. Je n'ai pas pu m'empêcher de penser que les « pédés » embrassaient très bien, si ce n'est mieux même que les autres... Et j'ai raté ma réplique !

Ce n'est pourtant pas pour cette raison qu'on ne m'a pas retenue. En fait, les décideurs désiraient une fille un peu plus mature. Et je ne l'étais pas encore...

Je suis sortie de là en me disant que ce garçon ne resterait pas gay très longtemps. Pour moi, après un tel baiser, il était inconcevable qu'il le demeure. Et c'est ce qui s'est passé. Dernièrement je l'ai croisé. Il m'a annoncé son mariage et la naissance de ses enfants...

Précisons-le : Dieu merci, on ne s'embrasse pas à chaque fois « pour de vrai ». Quand il se passe une alchimie avec quelqu'un, on se laisse parfois aller... Mais c'est exceptionnel. Impromptu. Et totalement fortuit.

VII

DÉRAPAGES

Sur presque tous les films, la gent masculine dans sa grande majorité me draguait. C'était accablant. Consternant. Pire encore que des « beaufs ». De vrais boucs. Ne répondant qu'aux appels de la bestialité.

Aucune fille n'ignore comment un gars peut être beauf quand il veut se faire remarquer par une nana. On se croirait revenu au temps de Cro-Magnon. Quand je vois comment certains se conduisent ou sifflent dans la rue ou dans les cafés, c'est d'une « beauferie » monstrueuse... Jamais une femme n'oserait aborder un homme de cette façon ! Ça me sidère... À se demander s'ils ne nous prennent pas toutes pour des têtes de linotte ou des trous. Il faut bien oser le dire.

D'ailleurs certains producteurs, quand ils me convoquaient dans leur bureau ou m'invitaient à boire un verre au bar d'un hôtel chic des Champs-Élysées, pour y mettre plus de formes, ne se gênaient pas pour le formuler. Si je faisais mine de ne pas comprendre leurs allusions, ils attaquaient d'emblée.

– Tu n'es qu'un cul.

Combien de fois ai-je entendu cette phrase ! À croire qu'ils s'étaient tous donné le mot. Moins sélective, je me serais jetée sur les pachas et les gros bonnets du métier. Mais je choisissais les petits, les voyous...

Tendance bizarre ! Je n'ai jamais couché avec un mec par intérêt... Pourtant, je connais des filles qui l'ont fait. Moi je n'ai jamais pu. Malgré les occases. Avec la palette à ma disposition... il aurait suffi que je claque des doigts. C'était à moi de décider... Eh bien non. En dépit des prétendants. Des nantis très honorables. En tout bien tout honneur. Ni vu, ni connu, je t'embrouille. Je n'ai jamais craqué.

Professionnellement, ma préférence allait aux gens qui croyaient en moi et m'encourageaient à affirmer ma vraie personnalité.

Pour le reste... Côté cœur, ingérable. Incontrôlable. On me voyait sortir tous les soirs... Souvent avec n'importe qui. Et j'ai rencontré des gens un peu paumés comme moi. Carrément à l'ouest.

Même alors que je vivais sagement avec Jacques, certains ne voulaient pas en démordre. J'étais une fille facile. À ce titre, il n'y avait aucune raison qu'ils n'y aient pas droit. Ou qu'ils n'essaient pas... J'ai subi quelques affronts. On m'a même proposé de m'exhiber dans des clubs d'échangistes !

En 1984, j'ai participé au tournage de la bande-annonce de *Détective* – le film de Godard. Fait insolite, elle ne servit pas seulement à faire la publicité du film lors de son lancement. Cette bande-annonce ayant été réalisée par Alain Sarde, le producteur, et non par Jean-Luc himself, informait le public de l'événement qui se préparait : la réalisation de la prochaine œuvre du maître...

Nue (évidemment), je me faisais les ongles des pieds et en même temps, faisant fi de l'inconfort, je lisais *Paris Match*. On me tirait dessus. La balle traversait la couverture de l'hebdo sur laquelle figurait une photo d'Alain Delon...

Quelques mois plus tard, quand j'ai tourné avec lui *Parole de flic*, j'ai pris ce détail pour un signe prémonitoire...

En attendant, pour *Détective*, je n'ai servi que d'appât. Le bout d'essai ne se transforma pas en coup franc. Le film se fit. En 1985. Mais sans moi. Avec Nathalie Baye et Johnny Hallyday.

Quelques semaines après, un autre producteur, que nous appellerons pour la circonstance Antoine Dufour, m'a invitée à dîner chez lui. Dans un quartier chic. Un hôtel particulier classe. Décoration dernier cri. Pas funky. But chic !

D'emblée, il me dirigea vers le salon. Champagne. Divan et table basse. Le couvert mis. Au milieu de la nappe, un grand saladier. Contenu : caviar.

Il me servit à la louche. C'était la première fois que je goûtais des œufs d'esturgeon. Chez les Gélin, on était plus simples. Mais je n'eus guère le loisir de commenter ma vie. Entre deux coupes de vin à bulles, il me sauta dessus. Sans préambule !

Avant de me fâcher, j'ai d'abord essayé de parler.

– Antoine, je suis avec quelqu'un.

– Je ne te demande rien sinon d'être gentille.

– Mais je ne peux pas...

– Comment veux-tu, alors...

– Je ne veux rien, je ne peux pas.

– Arrête de jouer la Sainte-Nitouche...

– Je suis fidèle. J'aime le garçon avec lequel je vis. Vous avez une mauvaise image de moi. Même si ça ne signifie rien aujourd'hui, j'étais encore vierge à dix-sept ans et demi.

– Ne te moque pas de moi, Fiona. Viens là !

– Non.

– Montre-moi comment tu fais la salope !

– Je suis tout sauf ça.

– Ne joue pas les allumeuses.

– Arrêtez...

– Si tu étais gentille, tu aurais un rôle dans le film qui se prépare...

– Je ne fonctionne pas à ce genre de marchandage.

C'était clair comme de l'eau de roche. Même il y a vingt ans. La réussite se déclinait selon les concessions qu'on était prêt à faire pour grimper jusqu'au top. Inutile de dire que le repas a mal tourné. L'horreur ! En insistant, ce goujat a déchiré ma robe. Je me suis emportée. Les injures sortaient sans que je réfléchisse. Avec grossièreté. Tandis qu'il tentait de me peloter, je l'ai repoussé.

– Je ne suis pas une vache à lait, répétais-je en hurlant, complètement hystérique.

Comme je persistais dans mon refus, il m'a jetée à coups de pieds... Brutalement. Et je n'ai plus jamais entendu parler de lui. Pas plus que de la proposition de travail qu'il m'avait faite. Exit. Et bannie. Hors circuit.

Pourtant quand je me présentais, c'était toujours sous mon véritable patronyme mais il ne m'a pas servi, bien au contraire. M'appeler Gélin ne fut pas un avantage. On a tendance à demander deux fois plus à un enfant de comédien. On pense que pour lui, c'est plus facile. Sans souci d'argent, il n'a qu'à ouvrir le bec. Mais c'est faux. Quand on est la progéniture de monstres sacrés en pleine vogue, à la rigueur, cela peut aider... Mais papa ne représentait pas la nouvelle vague... Par ailleurs sa réputation de « viveur » inspirait les mauvaises langues, qui prétendaient que j'avais de qui tenir. Ce n'était pas un soutien.

En revanche, parmi le public, curieusement j'ai toujours bénéficié de sa notoriété et de la popularité de « Mon minet ». Bien souvent, sans même avoir de film à l'affiche, on me reconnaît dans la rue, on me surclasse dans l'avion, on me donne quelques priorités... Mais laissons là les petits avantages du métier pour en dénoncer les risques.

Après l'Italien sadique et le franchouillard pasteurisé, mon image de fille sulfureuse me poursuivant, je dus endurer un autre camouflet.

Un jour, j'ai rendez-vous avec Roland Duvercoin, un producteur de films série B, chez Bofinger, une brasserie rétro de la Bastille. L'homme voulait me voir. One more time. Pour discuter d'un rôle. Et de son film. Of course. Sinon pourquoi se voir, non ?

Le déjeuner commence plutôt bien. Bavard. Disert. Frivole. On attaque sur les derniers films sortis puis on aborde les bédés. Bonne idée. Grâce à Pierre friand de bulles, je suis à la page. Tout va bien. Je me détends. Le type est sympa. Pour une fois, ce n'est pas un mauvais plan.

Soudain, Roland me lance :

– Mais vous n'êtes pas du tout comme je le pensais...

– Ça veut dire quoi ? osé-je demander, quelque peu paniquée.

– Ne le prenez pas mal. Mais on m'a dit : « Si tu vas dîner avec Fiona, tu vas voir... Tu vas te la faire dans la demi-heure. C'est une grosse salope, elle a toujours la culotte à la main... Tu verras, tu lui auras à peine dit bonjour, elle l'aura déjà enlevée... »

Je me souviens. Je me suis levée, j'ai couru pour aller vomir dans les toilettes. Je souffrais comme si j'avais eu le cœur brisé en comprenant qu'il était venu en se disant : « Je vais me taper la petite Gélin ».

Ce type m'a rappelée. J'ai fait répondre que j'étais absente. Il a insisté. J'ai refusé le rôle. Sans intérêt. Encore en déshabillé. J'ai bien fait. Le film n'a pas marché. Mais l'épisode m'a marquée. Vachement, même.

Il m'est encore arrivé une ou deux autres galères avant d'être définitivement immunisée contre la connerie humaine. Mais pendant les années de ma toute jeunesse, je me suis traînée avec une putain d'image derrière moi. J'ignore comment j'en ai hérité. Elle est bien venue de quelque part. Et mes errances n'ont sans doute pas arrangé les choses.

Des gens m'ont cassé du sucre sur le dos. À cause

de mes refus. De mon mauvais caractère. De mon tempérament, tout simplement. Parce que je n'en faisais qu'à ma tête. Que je n'étais pas malléable. ça ne plaisait pas. Dans le métier, on m'appelait la chèvre. On m'a collé une étiquette qui n'était pas la mienne. Par méchanceté. Voilà. J'ai toujours refusé de rentrer dans le système.

Et avec tout cela je devais me convaincre que j'étais malgré tout une bonne comédienne. Aujourd'hui, c'est plus facile mais entre vingt et trente ans, le doute est plus tenace. Je ne pouvais en parler ni avec mon père, ni avec ma mère, à qui pourtant je disais tout. Cette difficulté d'être mal acceptée, mal jugée, d'être prise pour une moins que rien, je n'ai jamais voulu l'évoquer. Surtout devant mes parents. D'ailleurs l'idée même ne m'a jamais effleurée. Je voulais me débrouiller seule. Sans doute par honte. Par pudeur aussi. Il est trop dur d'avouer qu'on vous manque de respect.

Déjà les premières pages de ce manuscrit ont surpris papa.

– Tu es dure, m'a-t-il dit. Tu es crue...

Puis, au bord des larmes, il a ajouté :

– Je suis si désolé, je n'ai jamais rien vu, jamais rien deviné...

Pour mes parents, il y avait eu un accident de parcours, la dope. Point. Cela n'allait pas au-delà. Ils ne se posaient pas de questions. Hormis Lydie, ma belle-mère, toujours perspicace. Mais sans doute valait-il mieux qu'ils ne m'interrogent pas : je ne pouvais pas me confier à l'époque. C'est seulement maintenant, par le biais de ces pages, que j'y parviens.

Excepté Jacques qui savait faire preuve de générosité et d'une élégance seigneuriale, les garçons avec lesquels j'ai vécu ne souhaitaient pas entendre ce genre de choses, ils ne m'écoutaient pas. Extrêmement égoïstes, ils se sont servis de mes faiblesses au lieu de m'aider... Pour me dominer plutôt que de m'élever. Pourtant c'était facile de me garder. Il suffisait de lire le plan. De décoder le mode d'emploi. Et de faire fondre le bonbon romantique...

Les hommes me touchaient. M'émouvaient. Me séduisaient. Dans leur fragilité. Leur brisure. Dans ce qu'ils ont d'intime et d'authentique à raconter... Je ne supporte pas les fiers-à-bras... J'aime les garçons enfantins, sensibles et en même temps courageux et intelligents. Sans parler de ceux éperdument amoureux et si attachants qui osent montrer leurs émotions...

Dans la fidélité, l'homme viril se révèle.

Certains ont voulu comparer ma vie à celle d'une Marilyn Monroe ou d'une Kim Basinger mais je ne permettrai pas ce genre de rapprochement. À côté de ces femmes-là, je ne suis qu'une miette...

Ma vie privée n'a pratiquement jamais défrayé la chronique. Si ! Au début de ma relation avec Jacques, dans de vrais reportages.

J'ai consommé des hommes quand je n'en avais pas. Mais en cas d'amour, je suis sage... jusqu'à ce qu'on me trompe. En amitié aussi, j'entretiens des liens de longue date et je suis plutôt droite. Lorsque j'y réfléchis à présent, l'évidence transparaît : la seule personne avec laquelle je n'étais pas réglo, c'était moi.

VIII

SUCCÈS

Relativement discrète sur ma vie personnelle, je continuais pourtant de m'exposer dans les revues dites de charme. Et Mireille Darc, la sauterelle charismatique du *Grand blond avec une chaussure noire*, photographe de talent à ses heures, me contacta pour un reportage à paraître dans *Lui*. On partit alors pour Bahia, au Brésil. Travail faisant, on évoqua le métier. On devint bonnes copines. C'est quelqu'un que j'admire beaucoup... Mireille me parla même de son histoire avec Delon.

Un peu plus tard, nous nous sommes retrouvées au Maroc en vacances... En compagnie de Jacques. Et avec Katherine Pancoll, la journaliste et romancière qui parle si bien des femmes actuelles...

On passa deux semaines dans une maison sublime. Celle que Delon avait offerte à Mireille Darc. C'était magnifique. Avec des rapports humains exceptionnels. Et un décor de palais royal. Murs peints. Fresques immenses. On se serait cru dans un livre d'art illustrant un conte de fées oriental.

Escapade de rêve. Une de mes terres de prédilection, le Maroc me régénéra comme à chacun de mes séjours. Que ce soit à Casablanca, Marrakech, Essaouira, Fez ou Tanger, j'aime me perdre dans ces villes au hasard des souks. J'aime les déserts, les djebels, les plages, les oueds de ce pays. Ses habitants si hospitaliers. Ses couleurs ocre, rousses et bleues. Ses odeurs orientales, ses épices, ses encens. Sa simplicité et sa joie de vivre. Ses bleds ancestraux et ses palais cachés. Ses mille et une nuits, encore et toujours, étoilées.

Je profitais de ce repos pour refaire peau neuve en lisant Paul Bowles, cet artiste américain de la *Beat Generation*, peintre, musicien, poète sous toutes les formes, que l'on connaît pour avoir écrit les dialogues de *Senso* de Visconti et pour son roman *Un thé au Sahara*, adapté en 1990 pour le cinéma par Bernardo Bertolucci (qui dirigea ma demi-sœur Maria dans *Le Dernier Tango à Paris*).

Sur l'instant, je ne me souciais guère de tango : j'explorais Tanger, guidée par la grâce de cet écrivain qui l'avait tant aimé à travers ses pages. L'écriture de Bowles me fascinait d'autant plus qu'elle révélait à chaque page son attachement pour le Maroc. Sans exotisme factice ou facile. Par ailleurs, il n'avait pas son pareil pour parler de la peur qui était pour lui, « le fond de la conscience du monde ». Il savait exprimer les angoisses de l'enfance, du noir et de l'obscurité. Dans son livre culte, *Un thé au Sahara*, Paul Bowles décrit l'inertie de trois Américains en errance dans le désert et qui se retrouvent confrontés au vide de leur vie. La désinvolture du style n'a d'égale que la dureté de l'observation des âmes. C'est saisissant. Fort. Stimulant. Et cela m'incitait à réagir face à ma propre léthargie. Cela dit, j'étais encore trop jeune pour savoir comment y échapper. La vie devait encore faire son œuvre...

Le livre refermé, je me replongeais dans la célébration de la vie que l'on me présentait alors. Cigales et papillons sur un bouquet de coquelicots en fleurs parsemés dans un champ de blé en plein printemps marocain. Sourires d'enfants décoiffés, l'œil millénaire, la dégaine biblique sous leur burnous de laine artisanale. Instants insaisissables volés sur le bord de la route.

Dans l'avion du retour, Jacques rencontra un directeur de photo qui travaillait à la préparation du prochain Pinheiro, un long métrage avec Alain Delon... Alors qu'il discutait avec mon homme, ce garçon me tendit le scénario de *Parole de flic,* en me précisant que Nicole Garcia devait jouer le rôle de l'inspectrice.

Trois semaines plus tard, on me convoque pour des essais. Devant Jacques Deray, José Pinheiro et Delon... En arrivant au rendez-vous, je croise Nicole. Je l'ai dit, on se connaissait bien. En s'embrassant, on s'amuse à reparler des étés à l'île de Ré. Elle m'apprend que nous sommes toutes deux sur les rangs puis s'éclipse en me souhaitant bonne chance.

En la regardant s'éloigner, j'ai pensé, je l'avoue : il y a tellement de signes concernant ce scénario qu'il m'appartient déjà un peu. Il est pour moi !

On a fait une lecture. Malgré la présence de ces monstres sacrés, je me sentais plutôt tranquille car je me savais assez bonne pour ce genre d'exercice.

Mais alors que je dévore les répliques, Alain se lève soudain. Il trouve sans doute que je ne donne pas assez. Il veut me faire sortir mes tripes, selon l'expression consacrée. Il s'approche de ma personne et me file une gifle monumentale. Je me dis : « Décidément, tout le monde me baffe, je dois avoir une tête à claques ! » Et je sors de mes gonds. Je me rue sur lui. Oubliant ma camaraderie avec son fils Antony, je deviens d'une trivialité sans nom. Hurlements à l'envi.

– Tu n'es pas mon père pour me brutaliser ainsi !

Audacieuse et vindicative jusqu'au bout, je le traite même de petite frappe. Avant de me barrer en claquant la porte. À peine en ai-je franchi le seuil que je commence à me lamenter intérieurement, certaine de tout avoir fait clapoter. Mais le lendemain, mon agent m'appelle pour me dire que j'ai le rôle : Delon est enthousiasmé par mon tempérament.

Me voici donc dans la police !

Ensuite tout s'enchaîne très vite. En priorité, j'assiste à la transformation de mon prochain partenaire qui voit déjà de façon très précise et dans le moindre détail l'histoire et les personnages que nous allons incarner. Avec la courtoisie d'un grand monsieur, Alain m'invite chez lui pour me faire couper les cheveux par son coiffeur.

Hyper correct. Très respectueux de mon père et de ma sœur Maria, il ne me manifeste que des attentions amicales, il me traite comme sa fille pendant deux mois. Il m'impressionne, c'est certain, mais l'admiration ne concerne que le domaine professionnel et nos relations restent dépourvues du moindre attrait physique.

Avec Alain, la première semaine de travail, on est partis pour le Congo filmer la scène de la fin, lorsque je porte une minerve et que je nage pour aller le retrouver...

On est donc restés dix jours en Afrique pour une journée de tournage ! Ensuite on a rejoint Lyon, Paris, les studios de Boulogne. De nouveau Lyon. Et ses Minguettes, la cité qui a souvent flambé sous les protestations des émigrés et autres défavorisés.

Pendant notre séjour à Lyon, Delon m'a transmis sa passion du tir et m'a enseigné comment faire des cartons ! Précisons d'ailleurs que par la suite, je suis devenue marraine de ball-trap. À chaque foire du trône ou fête foraine, je m'éclate en visant les ballons et autres cibles avec n'importe quel projectile !

Mais c'est surtout sur le tournage que j'ai beaucoup appris. Évidemment ! Prolixe en recommandations, Delon n'hésitait pas à m'éclairer. J'aurais dû l'écouter mais je faisais l'impasse. Ses conseils ne me revinrent à l'esprit que bien plus tard...

Un matin, je suis arrivée complètement défaite. Après une nuit blanche à me disputer avec mon copain. Alain m'a alors dit :

– Tu vois ça, jamais... Dès que tu travailles, tu oublies les problèmes extérieurs... Tu dois te soumettre à cette discipline et faire passer ton métier en premier.

Mais j'avais la tête dure et le cœur trop vulnérable.

Commencer la journée par des séances de maquillage alors que je me décomposais en mille morceaux me gonflait. Maintenant j'en vois l'intérêt et j'ai appris à aimer cela mais, à l'époque, mes nerfs étaient trop fragiles. Les préparations esthétiques duraient trop longtemps pour moi. Comme beaucoup de jeunes, je ne prenais pas soin de moi. Speed. Bien trop speed. Je n'arrivais pas à rester assise. C'était insupportable. Il me fallait bouger. M'agiter. Pour éliminer les angoisses. Les problèmes. Les difficultés de mon existence. Sur le plan affectif.

Aujourd'hui, je m'endors ! Des gens, qui m'ont maquillée vingt ans plus tôt et me retrouvent à présent le remarquent : je ne suis plus la même.

Un jour, Delon m'a prise à part :

– Petite, m'a-t-il avertie, tu as l'étoffe d'une star mais il faut que tu sois ambitieuse, que tu te battes. Tu as un potentiel incroyable.

Et je ne l'ai pas écouté. J'ai fait une couverture pour *Elle* avec Alain, une émission de télévision avec Christophe Dechavanne et rien d'autre. Au lieu de poursuivre la promotion du film, je suis partie avec Jacques pour l'île Maurice... Sous le prétexte de vivre de l'air du temps et d'aimer les voyages. La gourde !

Malgré sa sortie un 15 août – il n'y a pas pire date – le film a très bien marché, en pleines vacances... Avec des retombées énormes. La première semaine, il a fait cinq cent mille entrées... Un film à succès.

La critique m'a saluée. Jouer la petite amie de Delon n'était pourtant pas un rôle de composition super innovant. Mais apparemment, ce n'était pas cela l'important. « Enfin une Delon's girl différente qui arrive à être autre chose ! » soulignèrent les journalistes.

Contrairement à ce qu'on aurait pu penser, après le Delon, les offres n'ont pas afflué. Je ne suis pas la seule dans ce cas. Regardons la carrière d'Anne Parillaud après son César obtenu grâce à *Nikita*... Elle n'a pas travaillé pendant des années ! On ne lui proposait que des sous-*Nikita.*

Pour ma part, le problème n'était pas l'après-Delon mais le fait qu'il y avait peu de chances qu'on me cantonne dans des rôles de « fliquettes ». En revanche, les propositions pour des personnages sexy continuaient de me submerger. Ma participation dans *Septième ciel*, un film de Jean-Louis Daniel, avec mon copain Jean-Pierre Kalfon, se range dans ce registre. Et je n'ai rien à en dire si ce n'est que ce fut une grosse daube sur le téléphone rose, très bien filmée dans une ambiance éminemment sympathique.

Succédèrent quelques téléfilms dont un avec Florent Pagny encore inconnu où j'interprétais le personnage d'une amazone lesbienne au temps du Roi-Soleil et un film érotique en Italie pour lequel, chose non négligeable à l'époque, on me paya royalement.

Plutôt gentillet, *Sirocco* ; ce long métrage absolument pas classé X s'apparentait à la définition d'un film de charme. Le scénario d'ailleurs se tenait. Il s'agissait d'une femme mariée à la recherche de sa propre identité. On la voyait faire l'amour à cheval dans une prairie. Puis faire un strip-tease et danser. Rien de véritablement scandaleux.

Quand il est sorti en 1987, je m'étiolais en hôpital psychiatrique et je ne me suis pas vue à l'écran. Mes parents n'ont pas fui devant l'obstacle. Ils y sont allés. Ils ne m'ont fait aucun commentaire. Je subodore qu'ils n'en ont pas pensé le plus grand bien. Comme je suis à poil du début à la fin, on peut admirer ma superbe plastique. Cela ne va pas plus loin...

Certains spectateurs m'en parlent encore. La cassette a dû se vendre sous le manteau pendant des lustres... Bizarrement, dans le Paris-Genève que j'emprunte assez régulièrement, des hommes avec complet-veston, cravate smart et attaché-case n'hésitent pas à l'évoquer... Ils l'ont tous vu ! ça m'hallucine. Dans la file d'attente des taxis, ils m'abordent et me félicitent.

Et je dis, stupide d'être gênée :

– Vous savez, il y a longtemps, très longtemps...

Entre deux films, j'allais parfois me ressourcer à la Guéville, chez Danièle Delorme – la première femme de papa – et son mari Yves Robert. Dans cette propriété, près de Rambouillet, qui nous servait de nouveau point de ralliement, on fêtait les dimanches, Noël et les fêtes de la famille et des belles-familles. On était très soudés.

Avec la filleule de Danièle, Marie Sara, qui deviendra la célèbre toréador – non, *rejoneador !* –, encore enfant, j'avais monté des saynètes où elle interprétait la princesse et moi la sorcière dans un théâtre de verdure improvisé. On se retrouvait souvent. Grâce à Xavier, mon demi-frère, et à Lydie, la dernière femme de papa.

Quand elle est arrivée dans notre vie – pour mes dix ans – la nouvelle « madame Gélin » a vraiment rassemblé tous ceux que papa aimait. Grâce à Lydie, il a revu Lélé, Danièle Delorme, sa première femme. Et cela me fait toujours chaud au cœur de repenser à ces moments privilégiés, encore épargnés par les épreuves. Puis les années ont passé !

Je revois, non sans émotion, une photo du président Mitterrand, à la Guéville. Il venait de décorer papa de la Légion d'honneur, en 1995. Le Président nous avait fait l'amitié de déjeuner avec nous. Il m'a même serré la main. Suivis par ses gardes du corps, nous nous sommes promenés avec lui dans le jardin.

Pour ma part, c'était la deuxième fois que je croisais le président de la République. Je l'avais déjà entrevu en mai 1981, le jour de son élection. Au siège du parti socialiste. Papa et Lydie, alors très engagés, m'avaient entraînée. C'était magnifique de voir ces gens en liesse. En osmose. Avec ces roses rouges partout. Ces éclats de voix si joyeux. L'allégresse. Si significative de l'engouement qui régnait.

Moi, la politique, je ne m'y suis jamais véritablement intéressée. Mais j'apprécie l'intelligence et les livres de Mme Mitterrand...

Longs métrages. Courts. Clips. Téléfilms. Je signais. J'enchaînais. J'assumais. Qu'importe les thèmes et les sujets. Une chose était sûre : j'étais beaucoup mieux lorsque je travaillais. Avec la distance, je m'aperçois qu'il me restait encore un film à tourner avant que ne s'achève ce que j'appellerai pompeusement le premier cycle de ma carrière.

Mon frère Xavier, plus communément surnommé Zazi – le fils de papa et de Danièle Delorme – fut l'instigateur et le producteur de *Tant qu'il y aura des femmes*. Un film de Didier Kaminka avec Fanny Cottençon, Marianne Basler, Roland Giraud et Philippe Laville, un copain.

Ce vaudeville moderne relatait les tracas de Roland Giraud, un pauvre garçon pris entre une ex (Fanny), la future ex (Marianne) et la nouvelle (moi), une actrice de cinéma. C'était une comédie plaisante. Distrayante. On s'est d'ailleurs bien amusés. Mais je n'ai pas bien agi. J'ai de nouveau fait n'importe quoi.

À cause de ma séparation avec Jacques Penot. De mes retrouvailles avec Pierre. Je me suis trop défoncée. Et j'ai accumulé fausses notes sur bémol. Dans ces cas-là, les toxicos ont toujours les meilleures raisons du monde. Pour eux, c'est toujours la faute des autres. Je ne fis pas exception à la règle. J'occultais le fait que je puisse avoir fait les mauvais choix. Surtout sur le plan amoureux...

Le plus frappant fut que mon propre frère me propose de nouveau un rôle « nu ». Même azimutée, je l'ai remarqué. Pourtant Zazi m'adorait et je le lui rendais bien. Mais à chaque fois qu'il me proposait du travail, c'était « à poil » ! Sur le coup, ça m'a arrachée. Mais dans ces temps de défaillance, qu'est-ce qui ne m'arrachait pas ? D'ailleurs si c'était si insupportable, je n'avais qu'à refuser ! Cela ne m'est pas venu à l'esprit.

Il faut dire que des beaux corps se mouvant avec aisance et naturel, il n'y en avait pas beaucoup sur le marché. Non que les belles filles aient manqué – on se souvient d'Emmanuelle Béart dans *La Belle Noiseuse* – mais nous n'étions pas nombreuses à nous prêter ainsi à la curiosité de la caméra.

C'était toujours le même refrain. On ne me présentait, en majorité, que des rôles déshabillés. Ensuite, après quelques années, comme je voulais vieillir dans ce métier, j'ai refusé et je me suis dit que j'allais attendre des vrais rôles... Mais en 1987, je désespérais d'y arriver.

Quoi qu'il en soit, ma vie affective m'aveuglait. Exutoire ? Fausse excuse ? Bêtise ? Addiction ? Jeunesse ? Romantisme ? Qu'importe ! Pierre retrouvait son ascendant sur moi. Et avec lui, je repris goût aux excès. Aux produits illicites. L'affaire se profilait toxique sur toute la ligne, si je puis dire. Mais il me fallait boire la coupe jusqu'à la lie.

IX

EXTÉRIEUR NUIT

Avec Pierre, j'ai continué à me déglinguer... Autodestruction. Complaisance dans l'indignité. Satisfaction morbide. Plaisir de la défaite. De la décrépitude. De la désintégration.

Au risque de me répéter, je dois ici décrire la dépravation dans laquelle, inexorablement, je m'engluais. Cela peut servir à d'autres, leur faire peur, les alerter... Le phénomène de la compulsion. De l'addiction. De l'accoutumance. De la dépendance. Dans lesquelles le toxico s'enferre. Malgré lui. Par-delà sa volonté réduite à néant. Il tourne en rond. Pris dans un tourbillon qui se répète. Sans fin. Sans avenir. Abruti par sa propre imbécillité.

Comme avant nos précédentes ruptures, Pierre et moi vivions ensemble mais en poursuivant des aventures parallèles. Il ne pouvait se résoudre à les abandonner. Il me larguait sans cesse. Revenait par ennui, ou pour je ne sais quelle raison. Me quittait encore. Ressurgissait. Et je plaquais tout pour lui. Sans me soucier des conséquences. Sans anticiper. Je ne pouvais renoncer à cet amour de jeunesse. Il y avait en lui une part d'impossible et de détresse dans laquelle certainement je me reconnaissais et dont je ne pouvais me détacher. Folle hystérique de jalousie, je piquais des crises à chacune de ses incartades...

Lui n'était pas jaloux mais il n'avait pas non plus lieu de l'être, ma fidélité lui était acquise. J'ai commencé à regarder ailleurs quand il m'a fait trop mal. Par principe, et surtout dans les faits, je n'ai jamais trompé spontanément un homme dont j'étais amoureuse. Il faut vraiment me pousser à bout pour que j'en arrive là. Je ne fais pas aux autres ce que je n'aimerais pas subir. Autant j'apprécie la liberté, autant je respecte certaines valeurs. Comme ne pas toucher à l'homme d'une copine, par exemple.

Pour les autres, les amourettes d'un soir, j'étais plutôt indépendante et très masculine de tempérament. Mais avec Pierre, je devenais exclusive. J'espérais plus. J'aspirais à me laisser aller. À croire au grand amour. Et à vivre une histoire en Cinémascope.

J'avais l'impression de me cogner la tête contre les murs. À force d'être sans cesse trahie. Mais c'était ma faute. À cause de ma bêtise. D'un mauvais feeling. J'ai fait n'importe quoi. Par désespoir. Pour faire un bras d'honneur à ceux qui m'avaient rabaissée. Je n'en avais plus rien à cirer. Au fond de l'abîme, on n'a plus peur de rien, on n'a plus rien à perdre, même pas l'estime de soi.

Pierre a décroché un contrat pour une tournée théâtrale à l'étranger. Et j'ai sombré. De sortie tous les soirs. À vagabonder. Zoner. Boire. Chanter. Déchanter.

Du Palace – rue du Faubourg-Montmartre – au Zoo, la boîte rock 'n' roll des Halles qui ouvrait de 5 heures du matin à midi. De l'Élysée-Matignon au 7 de la rue Sainte-Anne, chez Dani, la chanteuse qui a connu elle aussi tant de galères. Des bistrots de la porte de Clignancourt aux boîtes russes de la rue de Berri.

À boire jusqu'à plus soif. À avaler, fumer, sniffer n'importe quoi. Je ne cherchais même pas. La plupart du temps, certains compagnons de dérive épiçaient mes cocktails d'ecstasy sans que je les sollicite.

Des nuits entières à jouer comme si j'appartenais à la jet-set. À emprunter des robes et des atours pour courir dans les fêtes. Mégateuf. Teuf. Show-biz... Qu'importe, pourvu que j'aie l'ivresse. À me faire remarquer. Donner le change. Discuter. Me droguer. Des nuits entières à refaire le monde avec des copains aussi atteints que moi. À faire des concours de « rails ». À savoir qui finirait le plus vite la ligne d'héroïne ou de cocaïne étalée sur un miroir aussi grand qu'un canapé king size trois personnes.

Certains matins, j'avais l'impression de ne plus avoir de nez. Arraché. Comme ma substance grise. Complètement « ageu ». Idiote. Débile. Sans son, sans image, ni compréhension. Dans ces périodes où la came dominait mon univers, j'adoptais une démarche, un langage différents. Stéréotypée. Dans un univers complètement ouf ! (Lisez-le en verlan, c'est-à-dire un univers complètement fou). Grave !

À moitié craignos, à moitié mytho. Je reproduisais les tics de mes potes de galère. Je mentais aux autres comme je me mentais à moi-même. Déjà grandement acculturée, je me désintéressais de tout ce qui pouvait m'enrichir intellectuellement ou même humainement. Perdant la notion de la réalité. Avec même, dirais-je, une réelle perversité. Ainsi il m'arrivait de me rendre à certains rendez-vous en la jouant propre sur moi et innocente mais pour mieux repiquer dans la dope dès mes obligations terminées.

Des déjeuners. Des repas. Des cocktails. Des vomissures. *Bis*. Non-stop. Tous les jours. Plusieurs fois dans la même journée. Avec des gens différents. Pour s'occuper. Ne pas penser.

Oublier. Gommer mon être profond, ma tendance casanière et sauvage quand je vis avec un homme que j'aime. Pour picoler. Me défoncer. Suivre les noceurs, les plus décalqués... Et devenir son propre pastiche.

Une grosse fatigue déjà m'étreignait mais je l'ai ignorée. Et j'ai continué la varappe. Haut. Haut. Toujours plus haut. À ne plus vouloir jamais redescendre. Se dégriser. Rester en état permanent d'hallucinations, d'illusions.

Il me fallait tuer mon premier amour. Pas dans sa substance, mais dans mon souvenir. Afin d'étouffer le désir même de revenir. Me répéter les cris, les pleurs, les coups, les disputes. Effacer nos plus beaux voyages, les moments formidables. M'astreindre à parer de blanc l'inoubliable. Comme naguère le rectangle en bas de la télé qui l'interdisait aux enfants.

Aspirée dans la spirale d'un évier que l'on vide, je me retrouvais en chute libre. À ne plus savoir où l'on est. Pourquoi on existe. À force de trop rêver. Extrapoler. Polémiquer avec soi-même. On ne fait plus rien. On recule. On tombe. Toujours plus bas. Vers la débâcle. Le trou. Jusqu'à l'internement, jusqu'à l'asile... Sans même s'en apercevoir.

Si je ne m'étais pas droguée, je n'aurais pas disjoncté. J'aurais pu échapper à l'hôpital psychiatrique. La quantité d'alcool prise depuis les premières boums était relativement insignifiante. Mais le L.S.D., l'ecstasy dès la fin des années soixante-dix, puis l'héroïne m'ont vraiment déstabilisée. Ajoutons à cela mon tempérament expansif et mon type de sensibilité si prompt à ressentir la douleur de l'autre... Et j'endossais le costume d'un être préfabriqué.

Le temps où je prenais une petite ligne quotidienne pour me donner tonus et assurance était loin ! Ce qui était un plaisir devint une servitude. Dès le matin, au réveil, j'étais mal. Le dos souffreteux. Dévoré par les picotements du manque. À me gratter sur les avant-bras, puis partout. À avoir froid. À renifler intempestivement comme si dans ce geste, j'allais récupérer un microscopique grain de poudre coincé dans une narine. L'odeur de l'héroïne me poursuivait. Amoureusement, je prononçais son nom : la blanche. J'aurais donné n'importe quoi pour goûter encore sur mes lèvres, ou dans le nez, son goût acre de craie. Afin de frissonner encore à son contact.

Mais même lorsque je me ravitaillais, la prise ne me satisfaisait plus. J'étais en manque du manque qu'elle comblait quand j'en prenais au début. J'étais en manque de ce qu'elle ne me donnait plus. Car arrive un moment où, même rassasiés, la drogue ne nous assouvit plus. Alors que nous sommes devenus sa proie, elle exige un autre dû. Notre asservissement. Notre reddition totale.

À ce point de non-retour, on cherche à s'étourdir

encore plus. On fait des mélanges. Joints, alcools, acides ou ecstasys... Qu'importe. On a besoin de se déjanter. De gagner l'amnésie.

J'ai commencé à me sentir partir le 13 juillet 1987, lors des préparatifs habituels de la fête nationale. Je traînais rive gauche. Je suis entrée dans l'église de Saint-Germain-des-Prés, en face des Deux Magots. Pour allumer un cierge. Et là, j'ai cru que le Bon Dieu me parlait. Autour de lui les saints s'agitaient pour me faire comprendre une histoire que je ne pouvais pas suivre. Les visions se succédaient. Au point de me donner le vertige. Puis ensuite, ce fut le trou noir. Le blanc total. L'absence.

On m'a retrouvée huit jours plus tard près des Champs-Élysées. En pleine bouffée délirante. Je ne savais plus qui j'étais. Comment je m'appelais. Où j'habitais. Noire de crasse, j'avais dormi la nuit précédente dans un parking, rue de Ponthieu. J'habitais au 50. Je n'arrivais plus à retrouver l'appartement tellement j'étais à l'ouest.

Black-out !

Pendant un temps je n'ai pas su ce que j'avais fait cette semaine-là. Puis des bribes d'images me sont parvenues. Six mois plus tard, avec l'aide de certains témoins, j'ai reconstitué les faits dans leur ensemble.

Le lendemain du 14 Juillet, dans un état second, je suis allée faire la synchro de *Tant qu'il y aura des femmes*, le film produit par mon frère. Je croyais que je venais pour un concert. Que je devais donner un show !

En ce temps-là, j'allais souvent assister à des concerts. À l'instar de beaucoup d'actrices, j'avais le désir secret d'être chanteuse et d'enregistrer un disque. Cette envie s'était décuplée après que j'eus écouté en « live » U2, dont j'étais une grande fan...

Arrivée en studio, je ne pus même pas travailler tellement je débloquais. Je chantais et gesticulais comme si j'étais sur scène. Je n'ai pas fait ma synchro normalement... Il était impossible aux techniciens du son de garder mon délire. C'est la seule fois d'ailleurs où on m'a doublée. Et l'équipe a fini par me virer.

Une fois dehors, assise sur la marche du trottoir, avec dans les oreilles une radio qui marchait en permanence – du moins le croyais-je car en réalité elle n'existait pas – j'ai sorti d'un sac plein de vêtements un petit téléphone de bébé dans lequel j'ai parlé, comme si c'était un vrai, pendant des heures sous l'œil incrédule de Peanuts, mon bichon maltais.

De là, je suis allée traîner vers les puces de Saint-Ouen pour voir des copains gitans et écouter de la musique tzigane. Ensemble, on a écumé les boîtes russes, le chien toujours sur les talons. En fait, ma chienne Peanuts m'a suivie pendant toute cette traversée difficile et j'ai eu la chance de ne pas la semer. Je dois pour la circonstance remercier Katoucha, le mannequin dans sa majesté, l'image de la beauté tout autant esthétique qu'intérieure, l'égérie de monsieur Yves Saint Laurent. En 1987, à l'époque de ces premiers dérapages, elle m'a beaucoup aidée. Grâce à elle, je n'ai pas perdu ma Peanuts. Et quand je m'en suis sortie, Katoucha était là. Comme toujours.

Heureusement, cette fois-là, des personnes honnêtes m'entouraient. Souvent déjà, il était arrivé que je me retrouve dépouillée après avoir invité des bandes de potes chez moi. Comme je laissais la porte ouverte, les gens entraient à n'importe quelle heure, venaient dormir, zonaient, repartaient. Chacun pour soi. Évidemment, survenaient des vols. Et je me retrouvais sans rien, grugée.

France Dimanche a publié alors un article sur la suite de mon épopée. Devenue une vraie clodo, comme si je jouais un personnage, je faisais la manche avec mon sac bourré de vêtements. Mon chien toujours à la traîne. Sans papiers d'identité parce que je les avais perdus. Pieds nus, habillée d'une jupe gitane rouge avec plein de petits volants, des baskets plates attachées par leurs lacets en bandoulière sur une de mes épaules, j'errais ainsi en divaguant.

Chaque fois que je pète un plomb, je deviens quelqu'un d'autre, un autre personnage. En perte d'identité. En perte de tout. Même de mon nom. Je garde seulement mon prénom. Fiona qui ?

Parfois, j'ai l'impression qu'on me parle mais en réalité, personne ne discute avec moi. Lors de cette semaine fatidique, je suis allée sur un tournage et j'ai cru que je devais travailler. En fait, j'avais bien été engagée pour ce film mais ma prestation était déjà finie depuis deux semaines. Je ne m'en souvenais plus. De nouveau sur les lieux du tournage pour voir les copains, je ne comprenais pas qu'on me refuse l'accès au plateau...

Tu as l'impression qu'on te parle mais il n'y a personne. Tu as l'impression d'être en représentation permanente. Tu n'arrêtes pas. Le moteur tourne, tourne, tourne sans cesse. Une horreur !

Tu vas dans une soirée, tu vois des gens mais tu entends autre chose que ce qu'ils te disent. Leurs visages se déforment sous tes yeux et tu réagis en fonction. Souvent, dans la démesure.

C'est un « pétage » de plombs, un court-circuit, on grille un câble. C'est difficile d'expliquer exactement.

Bref, j'ai complètement disjoncté.

À cette période, j'écoutais *Radio Tour Eiffel*... Mais même quand la radio était éteinte, je la croyais toujours en marche. Dans mon délire, je continuais d'entendre la musique et les émissions.

Le summum de la folie fut atteint lorsque je rencontrai ma copine, la mouche dorée. Comme un dresseur avec son tigre, il y avait moi et cette mouche. Je la voyais partout, même quand elle n'était pas véritablement là. Bien entendu !

Longtemps, même une fois que je fus remise de mes « émotions », dès que je voyais une mouche, je croyais de nouveau déraisonner.

En proie à des hallucinations de plus en plus fréquentes, voire permanentes, je subissais. La radio. La musique. L'insecte. La fatigue. En boucle. Jamais la tête en repos. Déjà, je ne l'avais guère au repos quand j'étais normale, clean ou à jeun... Alors, là !

... Toujours en butte à une cacophonie. Sans avoir la force de faire abstraction. Ou attention. En vrille. Dans une spirale infernale, je plongeais.

Déjà en temps ordinaire, les gens viennent toujours vers moi comme si j'étais une éponge. Ils me confient leurs ennuis, leurs problèmes. Dans les cafés. Aux arrêts de bus. Il y a toujours un paumé pour venir me parler. Maintenant je coupe court. Je me protège. Je colmate. Mais en pleine dérive, totalement perméable à la misère du monde, j'absorbais la vie complète de chacun en trois tomes. Pire que la collection de la Pléiade. Les divorces. Tout. Les malheurs. Tout. Cela nourrissait encore plus mon désespoir. Et me donnait une raison de plus de me détruire.

Après huit jours de galère, enfin, un bon samaritain m'a repérée dans un parking, près de chez Régine, la boîte mode près des Champs-Élysées et il m'a accompagnée chez mon frère Xavier où j'ai dormi. Puis je me suis sauvée. J'ai passé une nuit à l'hôtel Méridien. Dans un état ! Un des employés m'a reconnue et a prévenu la famille. Un ami mandaté par Xavier a essayé de me calmer et de me « driver », me surveillant sans interruption. Mais on ne parvenait plus à me contrôler.

Le lendemain, mon frère est venu me chercher avec une ambulance. Direction : l'hôpital Sainte-Anne. Pour la première fois, je franchissais le seuil d'un établissement psychiatrique. Du moins comme patiente.

X

LE PETIT JARDIN

Ce 21 juillet 1987, lorsque l'ambulance pénétra dans l'enceinte de Sainte-Anne, je tombai dans l'hystérie. C'est dire, que de passablement agitée, je suis devenue carrément folle déchaînée. Il était hors de question que je rentre à Sainte-Anne. Plus de loin que de près, j'avais connu les aléas de certains proches, eux aussi sous l'emprise de la drogue... Et je ne voulais pas endurer tout ce qu'ils avaient souffert. Pour moi, l'hôpital psychiatrique – l'H.P. – représentait trop les désœuvrés, les abîmés de la vie... Et je fis un esclandre. Du tonnerre de Dieu !

Zazi se tenait à côté de moi. Bien que foncièrement contre les marginaux, Xavier m'a toujours aidée. Pour les papiers, en se portant garant... Il m'a gérée... Et ce jour-là comme à son habitude, il assuma à merveille sa fonction d'aîné. De façon plutôt prosaïque, il essaya de traduire posément les souhaits que je formulais en hurlant...

21 juillet 1987

Cinq minutes plus tard.

Le personnel de l'accueil a appelé des renforts. Huit infirmiers ont soudain surgi de nulle part pour m'encercler et tenter de me maîtriser. Malgré ma petite carrure, certains découvrent alors ma violence. Je ne me contrôle plus.

Dans ces cas-là, paraît-il, ma force se décuple et mon agressivité s'assimile à une sauvagerie et une férocité extrêmes. Finalement, l'un de mes adversaires sort une sorte de pistolet qu'il me plante dans les fesses et m'injecte une dose de barbituriques à faire tomber un cheval.

Silence.

Quelques heures plus tard je me réveille. Face au néant. Le visage exsangue. La joue collée à un mur blanc. Je tourne la tête et découvre une petite pièce. Sur le mur opposé à celui contre lequel je m'appuie, dans l'ogive d'une lucarne, perce un bout de ciel, une parcelle de lumière qui ressemble à l'aurore. Je me rendors.

Plusieurs fois encore, j'ouvre les yeux sans pouvoir bouger. Mais combien de temps s'est-il passé depuis la dernière fois ? Le temps défile sans que je puisse le saisir. Le sommeil m'engloutit.

Puis je me retrouve dans cette baignoire avec cette infirmière qui me savonne. Je regarde la scène sans comprendre. Le jus noir qui glisse le long de mon corps... J'ai l'impression que l'on m'extrait de la terre, que l'on me sort d'un sarcophage, comme une momie à laquelle on essaye de redonner la vie.

Je n'ai plus vingt-cinq ans, j'en ai huit. Et j'ai besoin que l'on s'occupe de moi. Je me laisse faire. Je suis sale comme un peigne. Cette dame continue de me laver jusqu'à ce que l'eau devienne limpide. Puis elle me demande de lever une jambe. Elle me soutient. En tremblant, j'atterris sur le sol carrelé blanc. À l'aide d'une grande serviette de coton fin élimée, elle me frictionne. Quand elle me suggère de le faire par moi-même, je lâche le tissu et la regarde d'un air absent.

À peine a-t-elle le temps de me raccompagner jusqu'à mon lit, je m'allonge et me rendors, nue. Sans d'autre attente. Lamentablement épuisée. Misérable.

Un peu plus tard, j'apprends que je séjourne à Vaucluse, un H.P., à quelques kilomètres de Paris. Zazi a tenu parole. Il m'a sortie de Sainte-Anne avant même de m'y inscrire. Le personnel soignant m'informe qu'il est venu tous les jours s'enquérir de mes nouvelles.

Au bout de huit jours, je peux de nouveau marcher. Manger. Parler. Avoir droit aux visites...

J'erre en longeant les murs de ma chambre. Mon placard. Comme une zombie, je déambule. Impossible de rester en place. Je saurais plus tard que ce sont des impatiences. J'ai tout le côté gauche paralysé. Tétanisé par l'alcool absorbé les derniers jours avant l'internement. En traînant la patte, je hurle : « J'ai une mouette morte au bout du pied ! »

Mais vite, je regagne mon lit. Je reste plusieurs jours ainsi. Avec la mouette. À attendre que l'on m'ouvre enfin. Je mange seule. Je n'ose pas descendre au réfectoire pour rejoindre les autres. Lentement, la parole, la marche me redeviennent des gestes, des réflexes courants. Usuels. Il me faut un temps infini pour revenir à la vie.

Dans cet isolement, une seule chose m'aide. Quand, à travers la lucarne de ma cellule, j'aperçois le carré bleu du ciel, je retrouve l'espérance. La certitude d'une autre existence. D'une issue à l'enfer de cet intérieur trop blanc, trop aseptisé. Soudain, je sens comme une présence. Comme un battement d'ailes. Celui d'un ange qui veille sur moi. Miracle ! Et je m'effondre en larmes dans un acte d'humilité. Je me sens si seule...

Le jour se lève. Ce matin, j'ai la chance de me réveiller avant la prise de sang. Et je remercie le ciel de m'avoir aujourd'hui épargné cette épreuve. Depuis mon arrivée, chaque jour, la piqûre dans le bras m'a servi de réveil. Un réveil trop violent auquel je viens d'échapper...

Une lumière douce et feutrée me fait découvrir mon refuge. Aujourd'hui, je respire plus facilement.

C'est ma première « décro ». Je ne sais pas quand j'aurai de nouveau envie de sourire. Peut-être même le rire a-t-il complètement disparu de mon horizon ?

Seule, toujours seule. Les souvenirs affluent. Je me souviens de tout ce que j'ai fait. Trop fortes, trop

1978. Le clan Gélin à L'Hermeline.
De gauche à droite et de haut en bas : Manuel, moi, Évelyne, Lydie, papa, Zazi, Hugo et Laura.

Papa, maman, mon frère Manuel, et me voilà !

Maman, mannequin fétiche de Christian Dior.

Annie, ma tendre nurse, et moi.

1971. Avec Annie, Sandra et sa sœur, à La Marsa, en Tunisie.

Quinze ans, à l'île de Ré.

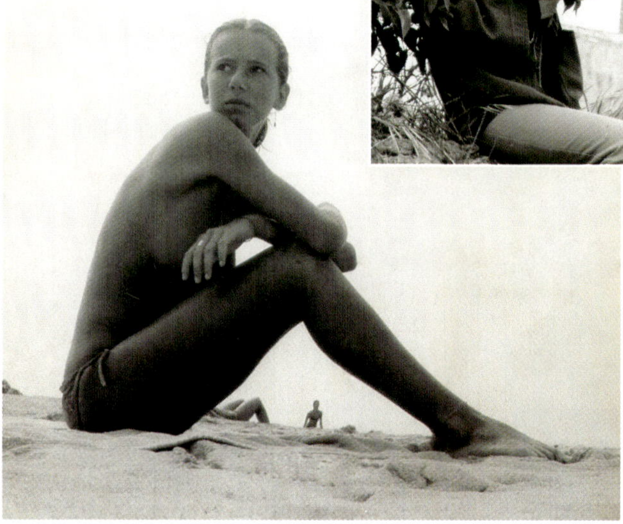

1979. L'été de mes dix-sept ans.
Je viens de rencontrer Pierre.

1970. De droite à gauche :
papa, Manuel et moi, déjà accrochée à Zazi, mon sauveur.

Le temps des photos de charme.

Premier rôle au théâtre, dans L'HOMME PRUDENT de Goldoni, avec Christian Marin et Maurice Baquet.

L'INFINI JARDIN, en 2002.

L'équipe des PARENTS TERRIBLES de Cocteau avec (au premier plan, de gauche à droite) moi, Arnaud Gauchy, Judith Magre, Jean-Claude Jay, Geneviève Fontanel et, derrière, Jean-Claude Brialy.

1995. À La Guéville, chez Danièle Delorme et Yves Robert, après la cérémonie durant laquelle François Mitterrand a décoré mon père de la Légion d'honneur. De gauche à droite : Yves Robert, moi, papa, François Mitterrand, Danièle Delorme.

Milàn, mon fils.

Le Trophée des Gazelles.

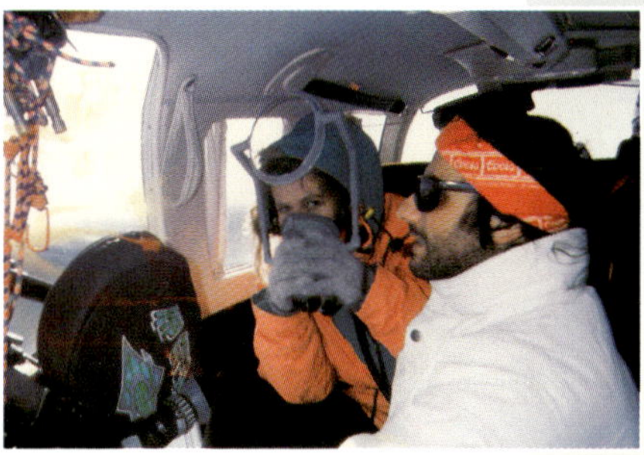

Tournage de PUSHING THE LIMITS, avec Thierry Donard…

… rencontre avec l'extrême.

À l'autre bout du monde, naturellement nue.

Mai 1998.
Je fête mon anniversaire.
Dans deux jours,
je serai internée…

Papa, mon conseiller.

Complicité avec Zazi.

Ubaldo, l'avenir…

Retour d’errance.

violentes, certaines images me rongent la mémoire. Le meilleur moyen, c'est de zapper pour oublier.

Comme pour me rétrécir, dans l'espoir de disparaître, je me recroqueville. Avec une nette tendance à me faire un nid dans le nœud. Pour me sentir deux. Pas toute seule. Je me parle même beaucoup. La mouche se pointe pour reprendre sa conversation avec moi. J'hésite. Une part de mon âme refuse ce dialogue de dingues.

Instinctivement mes yeux se portent vers le ciel. Respirer par l'entrebâillement de la lucarne ouverte les parfums tenaces de l'été me conforte dans l'idée d'un avenir plus clément.

Près de ma joue, je sens comme un souffle. Un alizé. Les yeux fermés, je sens un baume d'amour me pénétrer le cœur. Et si Dieu se manifestait à moi ? D'émotion, je pleure à nouveau.

Un leitmotiv martèle mes pensées. Et je répète : « Le marin pêcheur, le martin-pêcheur ». Cela doit avoir un rapport avec Pierre. Mais je ne discerne pas lequel. En tournée en Belgique, mon ex est hors d'atteinte. Et dans mon état, il me semble impossible d'imaginer sa tête quand il reviendra dans l'appartement que j'ai saccagé avant ou pendant ma démence. Comme pour mieux rompre.

Zazi vient me voir. Enfin j'ai l'autorisation de le rencontrer. Il me renseigne. Toute la famille se trouve à l'étranger. Ma mère se repose en Espagne. Mon père travaille au Canada. Il me répète leurs commentaires :

« Ah ! La petite pète un plomb ! » Zazi me sourit. J'arrive à lui rendre son sourire. Et je saisis la main qu'il me tend.

– Heureusement qu'ils ne m'ont pas vue, dis-je en plaisantant. Sinon ils auraient vite compris qu'il fallait changer toute la boîte de fusibles !

Bien que l'on continue de me bourrer de médicaments, je retrouve un semblant de lucidité et d'humour. Cependant je ne réussis ni à lire ni à écrire. Il me faudra d'ailleurs des mois pour y parvenir sans difficulté.

Enfin un matin, j'ai droit au petit jardin. Celui que j'aperçois de ma lucarne. Le carré bleu du ciel s'agrandit. À la taille de l'immensité et non plus de celle d'un mouchoir de poche. Pour mieux me faire savourer sa profondeur, et comprendre que, quelle que soit sa dimension, le ciel est là. Comme les bras tendus d'un dieu protecteur, il m'attend. Le cœur ouvert.

Gonflées de suc regorgeant de soleil, les fleurs embaument mon lopin de terre et tendent sur la brume de chaleur un voile de parfums musqués et envoûtants. Plus forte que la folie, la vie revient.

Tendre, savoureux, succulent comme la chair d'une pêche qui désaltère, nourrit et enivre, Dieu est ciel, immensité, parfums, transparence, silence et paix. Douceur, volupté veloutée, réconfort, pardon et amnistie.

Pour vivre, il faut aller de l'avant. Ne plus lutter contre les imbéciles. Mais se battre pour la survie. Et la guérison.

Si je me retourne sur ma souillure, mon passé, je suis morte. De honte. D'orgueil. De remords. De chagrin. Je dois abandonner mon ancienne carapace pour faire peau neuve. Afin de ne plus me sentir indigne.

Dès l'instant où je veux recommencer une nouvelle existence, je le peux. Il suffit pour cela de suivre le fil d'Ariane, la ficelle d'un cerf-volant bleu qui remplirait le ciel, et de se laisser capturer par sa lumière.

Le petit jardin regorge de promesses et de trésors. Le plus précieux d'entre eux permet de lire le secret de l'avenir en défiant l'impossible. Pour l'heure, celui de ma résurrection.

Le destin est un bouquet, une splendide gerbe d'opportunités et d'espoir. À moi de les saisir. En proie à des larmes salvatrices et purificatrices, je m'allonge dans l'herbe. Dans une caresse, le vent me murmure des mots d'amour.

– Va de l'avant. De l'avant. Suis-moi. Quitte tes vieilles marques et va de l'avant. File dans le vent. De l'avant...

Après le repas et une sieste salutaire, l'après-midi, je rejoins dans le parc principal les amateurs de pétanque. Leur faconde me distrait de mes obsessions.

Je découvre les lieux. Le rez-de-chaussée où s'étale le réfectoire. Les étages. Et ses locataires. On est une quarantaine à mon niveau. Un par chambre pour les plus réfractaires. Sinon, ils s'agglutinent à deux ou trois.

Pendant deux semaines, je mange encore toute

seule. Je refuse de descendre au réfectoire. Je n'en ai pas envie. Ici, quand on voit les autres, on se rend trop compte de l'endroit où l'on se trouve. C'est insupportable. Pourtant je finis par avoir la force d'affronter mes semblables.

Les jours se succèdent, illuminés de ces petites victoires. Je me rapproche des infirmières. Je passe de plus en plus de temps dans leur carré. Leur bureau de permanence. Leur parler me ramène à la normalité.

Maintenant j'ai seize ans. Je prends mon vélo à l'aube pour me rendre sur mon étal de charcutière. J'aime la vie. Les choses simples. Ces moments où l'on parle de tout et de rien. Où l'on ressemble à tout le monde. Sans plus avoir à obturer le négatif ou effacer la méchanceté des gens. Dans les yeux de ceux qui m'acceptent, je grandis. Grâce à leur regard, je me rattache à la positivité.

Enfin embrasser le ciel. Voir devant soi. Se réhabituer à une existence banale.

Les infirmières me traitent comme leur égale et non comme une malade. C'est le meilleur tranquillisant. À leur contact, je retrouve le goût des grands espaces. J'aspire à un monde de pureté. Enfin le tunnel s'entrouvre un peu.

Écoutant leurs conseils, je profite de ce temps de repos. J'observe. Je commence à comprendre les mécanismes de cet étrange établissement. Les rapports avec les médecins. La détresse de mes « collègues ». Les vieux qui ne supportent pas le bruit. Ceux qui divorcent et qui en crèvent. Celui ou celle qui s'est fait larguer. Les alcoolos. Les suicidaires. Ceux qui vivent ce que j'ai vécu mais sans avoir pris de produits frelatés.

Le fonctionnement et les processus se décryptent doucement. C'est au malade de se gérer, de prendre rendez-vous avec le médecin. Et l'absurdité du système me saute à la conscience. Comment peut-on se diriger quand on a perdu le commandement de son navire ? Autant demander à des manchots de tricoter. Mais passons. J'apprends aussi à taire mes révoltes pour mieux survivre à l'enfermement. À l'emprisonnement. Et je me rive à ce qui me construit. Me rendre à l'aumônerie m'apaise.

Ado et athée lorsque j'étais entrée chez les bonnes sœurs, je me déterminais vis-à-vis d'elles et affichais mon refus de participer à un protocole que je qualifiais de bondieuserie. Mais en H.P., c'est de retrouver la foi qui m'a sauvée. Internée, je me suis raccrochée à Dieu. Prières et messes. Pour obtenir le pardon. Et me clarifier, me laver. De cette impression de saleté collée à l'épiderme. M'absoudre de ce sentiment d'inutilité. Et d'impuissance. Face à la fatalité. Dans l'espoir de toucher du doigt l'infini. Retrouver le chemin de la maison, comme E.T. en partance vers son « Go home ! ». J'aspirais à reconquérir la pureté de l'enfance. Et des temps originels, vierges de tous compromis. Dans un ciel transfiguré.

Enfermée, j'ai découvert la beauté de la lumière du jour. Abandonnée, délaissée, exclue, j'ai rallié la foi... Pour me réfugier dans les bras invisibles de cette présence suprême sans laquelle je serais morte de terreur. Et de solitude.

Poursuivant mes parlotes avec les infirmières, je

me suspendais à leurs lèvres, aux mots qu'elles prononçaient, aux phrases qu'elles m'apportaient et auxquelles je me rattachais comme une corde à nœuds me tirant dehors, vers le normal, vers la réalité, vers l'extérieur.

Cependant entre tous, Zazi, mon demi-frangin, fut du plus grand secours. Non seulement il prouva qu'il faisait le pont avec le dehors mais aussi avec l'antériorité. Toujours aussi exceptionnel, sans jamais se lasser, il venait me distraire presque quotidiennement. Me racontant des histoires. Faisant semblant de ne pas remarquer ma mine défaite. Ne citant jamais les anecdotes qui soulignaient mes échecs, il lançait avec virtuosité des réflexions empreintes d'intelligence mais dénuées de connotations affectives. Jamais, que ce soit avant cet internement ou par la suite, je n'ai subi neutralité plus captivante. Avec son âme de poète, sa jovialité mais surtout son humanité, Zazi m'intéressait à de petits faits qui en d'autres temps me seraient apparus insignifiants mais que dans mon extrême dénuement je jugeais passionnants. Comme dans la philosophie asiatique, le vide et le plein se complètent, Zazi m'enseigna l'art du tout et du rien.

Enfin, au bout d'un mois qui me parut plus long qu'une éternité, un médecin me tendit mon ordre de sortie.

Mais on peut emmagasiner tout ce que l'on voit et ne rien savoir pour autant. En H.P., on nous aide sans doute à taire nos souffrances par le subterfuge de la camisole chimique mais on ne nous amène absolument pas au sevrage. Pas plus que l'on ne nous transmet la faculté d'apprivoiser notre mal de vivre, d'en deviner les causes, de les dépasser, de les soigner ou de vivre avec.

Abruti, on rentre, abruti, on sort. Sans éducation. Ni préparation à la vie qui nous attend après l'internement. On nous « relâche ». Face à nous-mêmes. Et à l'inconnu.

XI

REBELLE

À ma sortie, Zazi est venu me chercher. Dans les films, on voit toujours les détenus, une fois leur peine terminée, se faire la belle de la Santé ou d'autres prisons tout aussi légendaires, mais il est rare d'assister à une libération de l'H.P. Avant de la vivre, je ne l'ai ni envisagée, ni imaginée. Mais cela me semble aussi décapant qu'une relaxe carcérale. Et le terme « déphasé » paraît parfaitement convenir.

Encore une fois, grand seigneur omniprésent et dévoué, mon frangin a assuré. Pour subvenir à mes besoins. Ou écarter tout ce qui aurait pu représenter une galère. Lorsque j'y repense, Xavier avait un don certain pour transformer une simple formalité en un moment de pure jubilation.

Mais oui, vous lisez bien ! Je sortais de l'H.P. et pourtant, grâce à un magicien, j'ai trouvé cela fantastique.

À cet instant, il n'y avait que Zazi pour s'occuper de moi. Mon père, je le répète, travaillait au Canada et, de toute façon, aucun membre de la tribu n'aurait pu s'acquitter d'une telle mission salvatrice aussi bien que Xavier.

Tous les deux, nous prenons un hélicoptère pour nous rendre à Saint Trop' dans la maison qu'il a louée pour les vacances. Rien que ça ! Une balade en tapis volant. C'est génial...

Pendant le voyage, il m'explique les dispositions que la famille l'a chargé de prendre. Je ne dois pas revoir Pierre. Au besoin, on m'empêchera de le voir. Pendant un temps, un garde du corps veillera sur moi.

– Dis-moi, vous pensez à tout...

– Un peu tard, Fio, juste un peu trop tard...

– Quelque part, je peux remercier le ciel d'être tombée malade. J'aurais peut-être fini par l'épouser et ça aurait été pire.

Sobre et élégant, Xavier ne répond pas. Il se contente de me presser la main. À travers la bulle de l'hélico, je regarde les campagnes et les villes défiler en travelling. J'adore !

Comme une sale môme, tous ces derniers mois, j'ai accumulé les gaffes. Sans me faire de morale, bien au contraire, voilà Zazi aux petits soins qui ne trouve rien de mieux que de m'offrir un tour de France aérien.

J'essaie de me remémorer des scènes marquantes de notre enfance. Mais l'amnésie me maltraite et brouille les cartes. Je crois que Xavier n'est jamais venu à l'île de Ré. Ma mère n'a jamais apprécié les grandes tribus familiales. D'ailleurs depuis son deuxième divorce, sa séparation avec le médecin d'Ars, elle vit seule avec ses bêtes.

Des portraits de mon frère Manuel me reviennent à l'esprit. Normal. On a grandi ensemble. Je revois aussi le moment où j'ai fait la connaissance de Maria Schneider, ma demi-sœur, pour mes quinze ans.

Et bientôt, avec beaucoup de douceur, surgissent des souvenirs très légers concernant Zazi. En fait, il a toujours été là... Il habitait rue du Sergent-Maginot, dans le XVIe arrondissement. Âgé de dix-huit ans et très actif dans une radio libre, Manuel s'invitait chez lui. Parfois, je l'accompagnais. Eux, ils se voyaient beaucoup à l'époque. Et là, je sais ! Malgré la panne de mon ordinateur cérébral, je le devine : j'ai des images de mon frère, de mes deux frères, rue du Sergent-Maginot... C'est confus mais joyeux. Maudite drogue dévoreuse de mémoire ! Je les retrouverai un jour, ces images. Pour l'instant, je ne dois pas me bloquer sur ce qui m'échappe. Il me faut profiter du moment présent. Et je souris. Les paysages se succèdent. La Provence chasse le Beaujolais. La mer remplace le contrefort de l'Estérel.

Se profile en plein Saint-Tropez une maison sublime. Après l'atterrissage, Zazi m'entraîne pour un état des lieux. Sans plus attendre, je cours un peu partout dans la villa. Elle appartient en fait à un très grand producteur de cinéma. Discrétion oblige ! Un décor des mille et une nuits. Version tropical chic. Jardin jungle art. Piscine magnifique nappée de bleu turquoise hollywoodien. Bateau arrimé à un petit port privé. Le côté un peu show off me satisfait. Après les murs blancs rébarbatifs et les odeurs d'eau de Javel, je me crois au paradis. Le soleil de la mi-août me réchauffe. Je revis.

Malgré mes goûts plutôt simples, ça me plaît bien cette frime et tout ce qui va avec... D'abord, j'ai toujours aimé ça. Et dans ce contexte de postcure, ça tombe à merveille...

Là, en famille, avec mon frère, sa femme et ses enfants, je me sens bien. En sécurité. Acceptée. Aimée. Et je m'installe pour rester trois semaines. Jusqu'à la rentrée scolaire.

Un peu plus tard, de retour d'outre-Atlantique, mon père vient nous embrasser. Redevenue petite fille, je me prépare à longueur de journée des mélanges de sirop de cassis ou de grenadine avec du lait et de la crème. Avec Laura, ma petite sœur âgée de douze ans, nous nous affrontons dans des batailles de chantilly.

Telle une adolescente, j'écume les marchés avec Xavier. On part tôt le matin en Vespa. Assise sur le bourrelet du deux-roues, juste derrière lui, j'ai l'impression de faire partie de ses enfants. Nous déambulons dans la vieille ville. Les platanes exhalent l'humidité, l'humus de la nuit comme après la pluie. La chaleur n'a pas encore étouffé les arômes et les saveurs des fruits et légumes qui subiront en fin de matinée une légère altération et donneront un autre fumet sur le cours des Halles. On s'imprègne des odeurs intactes. Les commerçants plaisantent avec nous. Je raconte à Zazi des anecdotes de charcutière.

Le soir, étourdie par la gamme d'anxiolytiques qui meuble encore mon ordinaire, je m'endors à 10 heures comme un bébé. Je me sens dans un cocon, extrêmement protégée, persuadée que rien ne peut m'arriver.

L'été terminé, je regagne Paris. L'appartement de mon père et de ma belle-mère. De septembre jusqu'à Noël, incapable de m'assumer, complètement à l'ouest, je termine ma convalescence chez eux, le temps de me reprendre.

Enfin stabilisée, responsable, je loue alors un studio à deux pas de chez eux. Rue du Sergent-Maginot. Comme par hasard, dans le même immeuble que Zazi.

Lydie, ma belle-mère, m'emmène chez Ikéa pour m'aider à décorer mon « sweet home ». Re-belote ! On recommence... Je reprends mon existence. Au radar. En vraie zombie. Lydie m'assiste. Elle prend le relais de Zazi.

Je revois ma première rencontre avec Lydie. J'avais à peine dix ans. Elle, un peu plus de vingt. Elle travaillait dans une agence de voyages, spécialisée dans les sports d'hiver. Habillée d'un long manteau en cuir noir et chaussée de bottes de la même couleur – toujours en noir ma belle-mère – elle portait un chignon, très rond, très bas, comme les danseuses, avec un chapeau noir en feutre. Elle ressemblait aux femmes argentines. Magnifique ! Impériale !

Dès lors, vraiment intégrée dans la tribu, Lydie a fait énormément pour nous, s'occupant de Manuel et de moi comme de ses propres enfants. Pourtant se retrouver jeunette avec un homme de cinquante ans, célèbre, et père de famille nombreuse ne devait pas être facile !

Lydie, Xavier... Je prends conscience de ce qu'ils ont fait... Avant, en supervisant les événements avec la structure mentale et l'égoïsme d'une camée, je trouvais leurs attentions naturelles, légitimes. Mais là, j'accuse le coup. Il s'agit de faire preuve d'humilité devant les personnes généreuses. De faire amende honorable. Une façon de les remercier, de leur rendre grâces.

Et je profite de ces lignes pour exprimer l'admiration que j'éprouve à leur égard. L'enthousiasme aussi mais surtout l'affection. Sans eux, je serais passée à côté de ma chance. Sans eux, je ne crois pas que je serais parvenue à me tirer d'affaire.

En m'emmenant à Saint-Tropez, Zazi m'a redonné le goût du bonheur, des petites choses, des plaisirs simples et essentiels de la vie... Et ma belle-mère, qui s'est souciée de moi comme l'aurait fait ma propre mère, m'a tout réappris. Même le pardon que je n'arrivais pas à m'accorder...

À l'époque, ce n'était pas évident. Pendant les trois mois chez papa, je suis restée allongée sur mon lit. Devant moi, défilaient sans discontinuer mon enfance, mon adolescence, mon premier amour, ces années de galère. Comme dans un cinéma permanent, les séances repassant sans entracte, je ne m'arrêtais de penser que pour pleurer.

Ma main tremblait tellement que je ne parvenais pas à recopier mon prénom. Il m'a fallu réapprendre à vivre, à lire, à écrire et surtout à sourire et à rire. Mais c'est revenu. Après plus d'une année d'efforts. De persévérance. À la suite d'une lente et pénible rééducation. Physique. Intellectuelle et morale. Et grâce à cette famille formidable, je parvins à une demi-renaissance.

En la circonstance, le théâtre a été ma meilleure thérapie et m'a littéralement aidée à guérir. Grâce à un projet, j'ai remonté la pente. Enfin un de mes rêves se réalisait : jouer sur scène devant mon père.

La sortie du marasme se dessinait. Le tunnel s'ouvrait. Pour faire pénétrer un peu de lumière. Celle des feux de la rampe.

On me proposait donc de jouer. On souhaitait m'engager. Malgré ma mauvaise réputation. Mes quatre cents coups. Ma gueule de pâtre grec à moitié déformée par les excès. Et ma mine de surmenée malmenée par les défaites.

On voulait encore de moi et croire en mon talent ! C'était inespéré. Mais j'ai signé. Pour une pièce de Carlo Goldoni, un auteur comique italien du XVIIIe siècle. Rien que cela !

Il s'agissait de se démener. Pour les premières représentations. À Marseille, dans un nouveau théâtre, dès novembre 1988... Je m'attelais à mon texte et aux répétitions. Avec allégresse, certes, mais aussi avec opiniâtreté. Et il en fallait.

Je ne sais plus comment j'y suis parvenue. Plus que par miracle, cela s'est fait par enchantement. Mais je comprenais surtout que je ne devais pas céder au découragement. Lucide quant à mes capacités et à mon handicap, je travaillais ma mémoire défaillante et l'entraînait sans cesse en me contraignant à des exercices austères et ennuyeux. Je soignais aussi particulièrement mon visage, épuisé par les voyages qui ne mènent nulle part.

La drogue ne fait pas de cadeaux. Tant que l'on s'y adonne, elle donne l'illusion de la forme, de l'intelligence et de la surpuissance mais dès qu'on lui tourne le dos, elle le fait payer. Par une baisse de moyens intellectuels : la rapidité, la compréhension mais surtout, je le répète, la mémoire. C'est épouvantable. On parle puis on s'interrompt, la phrase en suspens. On raconte une anecdote. Puis on ne sait plus. Grand blanc.

Le pire, c'est que cela concerne aussi le passé. Il m'est arrivé d'occulter des pans entiers de mon existence, même après la reprise d'une vie banale, *clean*, sans adjuvants d'aucune sorte. Parce que la poudre vous bouffe les neurones, la matière grise et votre santé.

On voit dans le regard de l'autre qu'il nous pense encore raide défoncé. On essaie d'être normal. Correct. Propre. Mais la poudre a laissé une trace indélébile sur notre comportement et elle nous rend pour un long moment encore complètement débile, souvent indifférent au monde extérieur. *Idem* avec la coke. Quand on en prend, on se croit le roi du monde, ou le surdoué de service. Seulement dès qu'on la boude, on se retrouve S.D.F. de l'esprit, à la limite de la clochardisation mentale.

Pour la beauté, un phénomène identique se produit. Sous dépendance, on s'extasie de sa propre prédisposition à tenir le coup, à donner le change, à se montrer resplendissante. Mais en sevrage, les rides, l'assèchement de la peau vous imprime tout d'un coup dix ans de plus. Banco, le ravage ! On devient une pomme flétrie qu'aucun maquillage ne peut travestir. Dans l'une ou l'autre de ces défaillances, il faut se discipliner. Pour éviter de tomber en ruines. On doit se soumettre à un régime éprouvant. Afin de lutter. De combattre ses travers. Et donner le meilleur de soi-même. Celui que l'on ignore encore.

Alors que je répète avec assiduité, on m'invite à remettre les 7 d'or, la cérémonie pailletée de l'actualité télévisée. Cela se présente comme une rentrée. Avec les retombées médiatiques que l'on peut espérer... Je ne peux refuser cette opportunité.

Le grand jour se pointe trop vite. Prête, parée pour les répétitions, je réussis même l'exploit d'arriver à l'heure. Maquillage. Coiffure. Robe empruntée à Galliano.

Pause couture !

Ou comment faire pour se saper quand on n'a pas l'ombre d'une brouette de billets...

Du temps acidulé des années soixante, Alaïa avait croqué sur maman, alors égérie de Dior, sa première robe... Quelques décennies plus tard, je le rencontre chez Dave en compagnie de Jean-Marie Marion, ex-top model devenu grand photographe. Ce créateur me dit alors :

– En souvenir de mon premier croquis, je vous prête tout ce que vous voulez !

Autre grand frisson mode !

Pour cette fameuse remise des 7 d'or, je porte donc une robe de Galliano. Et je suis fière de préciser que je fus l'une des premières à porter une de ses créations ! Un corset avec un ange dessiné dessus, très XIXe siècle, une mini-jupe ressemblant à une gaine porte-jarretelles et des cuissardes, le tout auréolé d'un long manteau genre tapisserie. J'en garde un souvenir ébloui. J'adore ce couturier. Clin d'œil du destin : il fait actuellement les beaux jours de chez Dior. Tu vois, maman, la boucle est presque bouclée...

Pour l'heure, dans le reflet du miroir de maquillage, j'aperçois une jeune femme qui semble comme neuve, étrangère à tout ce que je viens de vivre. L'H.P. est loin. Du moins en apparence. Parfaite chimère, je fais illusion.

En vain.

Toute l'après-midi, j'attends le comédien Pierre Richard auquel je dois donner la réplique pendant le gala mais il ne vient pas. La distraction légendaire de son personnage du Grand Blond (avec une chaussure noire) a dû gagner en contagion. Au dernier moment, alors que nous sommes en direct, la régie m'encourage : « Écoute, vas-y, fonce... »

Morte de trac, tremblante d'émotion, le système neurovégétatif en alerte générale, j'avance. Sans avoir le choix. Faute de préparation ou de concentration, je m'exécute à l'aveuglette. Je me souviens de la musique... Puis d'un embrouillamini.

Avec le trac, au lieu de prendre mon temps, d'improviser une introduction, de présenter les nominés et de lancer deux ou trois traits humoristiques, je fonce la tête la première dans le mur. Sans savoir vraiment ce que je fais. Il me semble que je prononce une phrase. Ce ne doit pas être la bonne. Deux hommes se lèvent. Ils se croient gagnants... Mais pas du tout !

Bien évidemment, je me suis plantée... la gourde ! La triple buse...

Sabatier, le prince du prime time, le présentateur vedette du moment, remarque immédiatement ma gaffe. À mots soi-disant couverts mais néanmoins très lourds, il se délecte de mon erreur. Avec ironie mais surtout avec une certaine perversité, il me taquine. Me voici devenue son faire-valoir. Il profite de sa position de force et en jouit. L'air de dire : « Pauvre idiote. Regarde comment se conduit un professionnel. »

– Non, non, excusez-moi, insiste-t-il. Pardonnez-lui, elle s'est trompée... Ce ne sont pas eux.

Crétin. On l'a compris. La honte ! Les faux lauréats quittent la scène. On convie « les vrais » à venir nous rejoindre. Moi, je crois défaillir. Je n'ai qu'une hâte, que cette intervention se termine. Et vite ! Par automatisme, j'ai encore la force de sourire mais je voudrais disparaître.

Anéantie, je regagne mon siège. Bafouée, humiliée, ruinée, je dresse un mur invisible autour de moi pour ne pas entendre la suite. Sur scène, l'invité suivant a pris le micro. Dans mon marasme, je parviens à reconnaître Bernard Tapie, l'homme d'affaires charismatique, pour l'heure un des chouchous des médias, qui intervient en ma faveur :

– Veuillez l'excuser, a-t-il dit, je connais les aléas de ce métier... Je peux vous dire que Fiona Gélin était présente toute la journée mais le direct a ses exigences, ses imprévus... Ce n'était vraiment pas sa faute, continue-t-il d'expliquer avec tact et sympathie en me sauvant la face avec maestria.

Mais bien que mon honneur soit sauf grâce à l'intervention de ce quadragénaire léonin, les récompenses distribuées, je m'enfuis sans aller dîner au Fouquet's. Je me sauve, je rentre chez moi et je m'écroule !

Le lendemain, *Télé 7 Jours* m'appelle pour faire une interview. Dans les studios photo du magazine, je me heurte aux deux malheureux nominés, appelés malencontreusement par mes soins. Auteurs réalisateurs du *Bébé est une personne*, un livre et un reportage mémorables, devenus une véritable référence en la matière, ces gens merveilleux m'offrent leur cassette en disant : « Vous êtes tellement émouvante, on a bien senti que vous ne l'aviez pas fait exprès... » Ensemble, on partage un super déjeuner.

Quelques heures plus tard, je visionne chez moi leur travail qui se situe d'ailleurs entre le documentaire médical et le traité philosophique, lorsque le téléphone sonne. C'est Bernard Tapie. Décidément ! Moi qui trépigne de faire une croix sur cette maudite kermesse, voilà qu'on n'en finit plus d'en parler... C'est le bouquet !

Toujours en ligne, sans même remarquer mon ton monosyllabique, Bernard Tapie m'expose son nouveau projet. Il me demande de l'accompagner sur le

Phocéa, son bateau de milliardaire. En partant des États-Unis, il s'agit de traverser l'Atlantique en onze jours. Une véritable armada de sportifs et de journalistes connus a déjà répondu à son invitation, il aimerait qu'une comédienne participe à l'aventure. Il parle, il parle. Ce type a un de ces bagouts ! Incroyable. Il vendrait des serpillières pour des foulards Hermès. C'est fou ce qu'il est sympathique.

– Alors qu'en pensez-vous ? me demande-t-il quand il me donne enfin la possibilité d'en placer une.

– Bernard, de multiples raisons me pressent d'accepter. Je ne connais pas New York. En outre, le voyage a toujours exercé un pouvoir de guérison sur moi. Après la veste que je viens de subir, j'éprouve soudain le besoin de me changer les idées.

– Vous voici donc de la fête... Bienvenue à bord, Fiona.

Direction Manhattan. En avion. Il est prévu qu'une fois sur place, nous prendrons possession sans retard de notre embarcation et effectuerons la croisière de retour.

On arrive donc à destination. Pardonnez pour les détails mais je n'ai rien vu, rien retenu tant j'étais curieuse de voir le *Phocéa*. Les autres, tout aussi agités, essayaient de donner le change en commentant des matchs de sport ou en se fendant de conversations culturelles sur tout et n'importe quoi mais ils ne trompaient personne. Quand on pense qu'on dégoise sur les femmes à cause de leurs bavardages ! Ces piailleurs n'avaient rien à leur envier...

Enfin nous y voici. Au bout du quai. Sur la passerelle. Et à bâbord ! Bernard nous propose alors le tour du propriétaire. Et je découvre un monument encore plus ouf que tout ce que j'aurais halluciné dans mes plus folles dingueries. Pas étonnant que ce yacht, exception parmi les exceptions, ait été par la suite source de tant de contentieux et de cupidités et qu'il ait déchaîné autant de jaloux. Ce « rafiot » était trop ! Too much. Trop baroque. À la limite de l'oriental. Un vrai musée. Tellement loin de mes roulottes habituelles... Un vrai délire. Sublime !

On largue les amarres. Les côtes du continent américain s'estompent. Encore sous le coup de l'émotion et prise d'une grosse fatigue, je me couche. Comme d'habitude, quelles que soient les circonstances ou les conditions atmosphériques, mon mécanisme physiologique exige sa dose de repos. Et même lors d'un périple aussi inoubliable que celui-ci, il ne déroge pas à la règle. Le sommeil m'accapare donc...

Vingt-quatre heures plus tard, à mon réveil, je décide de faire une petite balade sur le pont quand soudain j'aperçois Manhattan se dresser à l'horizon. One more time ! Je n'en crois pas mes yeux. Il me semble rêver. Et je dis :

– On n'est pas partis ? On a fait du surplace ?

– Non, me répond Bernard. Mais il y a eu une tempête de neuf nœuds. On n'a jamais vu ça. Tu as dormi pendant une journée sans que cela ne te perturbe le moins du monde ! Et il nous a fallu revenir...

Il poursuit son rapport. En raison d'une mauvaise météo, on ne peut pas effectuer la traversée dans ces conditions. Le projet de croisière est reporté. De trois semaines.

– Mais je dois jouer au théâtre ! dis-je désappointée.

– Ce n'est pas grave, me console Tapie. Tu restes trois semaines à quai sur le *Phocéa*. Avec un journaliste photographe. Ensuite tu reprends l'avion et tu arriveras juste à temps pour ta pièce...

De fait, je passe trois semaines de rêve. Un séjour génial ! À découvrir New York. Le photographe réalise un magnifique reportage sur moi tandis que je fête mon anniversaire. Au retour, papa me fera un peu la tête car je ne serai pas rentrée pour le passer avec lui... Mais Lydie interviendra et nous nous réconcilierons vite.

Le camouflet essuyé lors des 7 d'or s'efface pour ne laisser place qu'à un bon souvenir. Ainsi Bernard Tapie m'a rendu une fière chandelle ! Tel un juste ou un chevalier, il m'a défendue contre un arrogant qui bafouait ma superbe. Par la suite, je l'ai retrouvé au cours d'un voyage au Maroc avec Mireille Darc ; je l'ai revu à des soirées avant qu'on ne l'arrête. Je lui ai écrit une fois. On se revoit de temps à autre, on s'embrasse, on se dit bonjour. Détail amusant : il est devenu un bon copain de papa.

Après le Nouveau Monde, j'ai rejoint la ville phocéenne sous la protection de Notre-Dame-de-la-Garde. On a donc répété au mois de juillet. En août, on a donné des représentations à Marseille et en septembre, octobre et novembre à Paris.

Pendant un mois, j'ai joué *L'Homme prudent*, cette

pièce de Goldoni, dans un nouveau lieu récemment construit, le Théâtre de l'Odéon, sur la Canebière.

J'interprétais une marâtre, une belle-mère acariâtre qui voulait assassiner son mari, Christian Marin. Le jour de la première, pour mon entrée en scène, habillée d'une robe d'époque, le décolleté pigeonnant et une perruque de marquise, je devais arriver une théière à la main et me diriger vers mon homme, assis côté cour. Pour m'aider, au moment crucial, un de mes camarades me souffla :

– M... ! Ça va être à toi...

Et subitement le trac m'a envahie ! À l'époque je souffrais énormément de crises de spasmophilie... Au point de tomber raide évanouie. Avec 7 de tension ! On m'a fait revenir avec du vinaigre. Hop ! ça m'a réveillée. Il était temps...

Sans se soucier de mon bilan de santé, d'un ton de plus en plus pressant, quelqu'un derrière moi a répété :

– À toi, à toi !

L'alcool du vinaigre ? Un tour de magie ? Soudain, un grand apaisement me submerge. Alors je saisis la théière et je pénètre sur la scène. Voilà ! Il ne s'agit que d'avancer. Mais ma main tremble tellement qu'on n'entend plus que le petit chapeau de la théière ! Pendant une minute, soixante interminables secondes, le cling-cling en faïence donne un concert...

Toute ma vie, j'entendrai ce bruit ! J'avais l'impression de ne percevoir que le froissement de ma robe de satin qui bougeait au rythme de ma respiration et ce bruit de vaisselle. Alors maintenant, au théâtre, dès que j'ai une théière entre les mains, je mets délicatement le petit doigt au-dessus. C'est d'ailleurs ce que j'ai fait ce soir-là quand j'ai recouvré mes esprits... Et le spectacle a remporté un franc succès !

Ensuite on a repris la pièce au Théâtre Fontaine, à Paris. Le premier jour, je suis devenue aphone, la voix complètement blanche. On m'a fait des piqûres de cortisone... et j'ai franchi l'obstacle.

À chaque fois, lorsque les challenges, les défis se déclarent énormes et l'épreuve difficile, je fais acte d'humilité et de force. Cela me stimule. Je me dépasse.

Finalement je supporte mieux l'adversité que les soucis du quotidien. Autant j'aime les choses simples, autant la médiocrité me rend malade et me donne la nausée. Il me paraît impossible d'en faire abstraction.

Un personnage célèbre a dit, il me semble, que l'homme se révèle dans la difficulté. Nietzsche l'a largement confirmé : « Ce qui ne nous tue pas nous rend plus fort ». Et mon ascendant suicidaire ou mon tempérament idéaliste doivent exulter face au danger. Après tout, il se peut que ce soit simplement une question d'adrénaline. Toujours est-il que je ne navigue jamais mieux qu'en pleine tempête... On l'aura vu. Encore faut-il que je ne m'endorme pas !

Après *L'Homme prudent*, j'ai de nouveau voulu tester mon envergure. Pour ma deuxième prestation théâtrale, j'ai signé pour une pièce mise en scène par Daniel Colas avec Michel Roux.

Sur ce projet, on me proposait deux rôles. Celui de la « playmate », la pin-up. Ou le personnage de l'épouse de Michel Roux, une femme à la discrétion si excessive qu'elle en était comique. Enfin il m'était donné de changer d'image... C'était le moment ou jamais.

Refusant le rôle de la « pouffe-pouffe girl » en short et soutien-gorge, décidée une fois pour toutes à surprendre le public, j'ai accepté un rôle plus petit mais bien plus intéressant pour moi. Papa m'a soutenue sans restriction :

– Tu as raison, c'est une bonne idée.

Et j'ai travaillé. Pour les comédiens, le « boulevard » représente une très bonne école. Sur ce plan-là, Roux se montrait un maître. Dans la subtilité. Le troisième et le vingt-cinquième degré. Pour jouer de l'humour comme d'une caisse de la grosse cavalerie sans pour autant n'être jamais trivial ni déplacé.

On a répété dans une salle à côté de la gare d'Austerlitz et on a joué au théâtre de La Michodière, à Paris. Ma plus belle récompense fut d'apercevoir mon père dans la salle... À chaque représentation, un tonus incroyable me poussait au bout du bout de mes possibilités.

Dès le rideau tombé, je traversais encore des moments de prostration ou d'agitation mais sur les planches, j'étais heureuse. Telle une novice qui vient de prononcer ses vœux. Comblée. De cette force, chaque soir au rendez-vous. De dominer le vertige qui m'incitait à jouer les équilibristes dans un numéro d'acrobatie en défiant le fil du rasoir...

Oui ! Le théâtre me stabilise. Tel un garde-fou. J'aime son côté mystique, cette entrée en religion comme en recueillement, dès qu'on pénètre dans sa loge. J'aime le danger que le monde du spectacle m'impose de vaincre. Toujours exaltée par la moindre référence à la tauromachie, je me compare alors à un torero dans l'arène. Face à l'irrémédiable. Diable ! À la mort. Non pour m'anéantir ou m'annihiler. Non. Mais pour me construire. Défier mes angoisses, mes démons intérieurs. Et briller dans la lumière du travail accompli avec une énergie du feu de Dieu en proclamant : « Oui, quand je joue, tout va bien, j'existe ! »

XII

L'ANGE

Il fut un temps où j'envisageais de rédiger un scénario romancé de ma vie. J'en écrivis d'ailleurs quelques bribes. De cette entreprise reste un chapitre. Un des plus intimes de ce livre. La chose la plus belle qui me soit arrivée. L'attente et la naissance de mon fils, Milàn.

Né de l'esprit ou du désir de parents qui l'ont vraiment souhaité le 9 décembre 1988, Milàn a vu le jour le 7 septembre 1989. Soit à quelques jours près, neuf mois plus tard. Ainsi, comme il se doit, je ne fis pas exception à la règle et mon bébé naquit dans les temps...

En l'occurrence, aux prémices de cet épisode, le neuf décembre 1988, on fête l'anniversaire de Marido, la productrice d'*Escalier C*, une de mes meilleures amies.

À l'époque, je sors avec un musicien noir. Il m'accompagne à cette soirée où je retrouve un garçon que je connais depuis une éternité. Quelqu'un de bien.

Aussitôt, on s'embrasse. Suit un regard. Et un instant de pur ravissement.

– J'apprécie vraiment le hasard quand il nous réunit, dis-je alors dans un murmure.

Le sourire qu'il m'adresse me convainc de la réciprocité. De surcroît, écrivain remarquable à l'humour extrêmement méchant et dont les pièces sont adaptées à la Comédie-Française, cet homme raconte des histoires digne d'un Baudelaire décoiffé par un de ses paradis artificiels. C'est bon de se trouver devant un être que l'on trouve beau et que l'on admire en même temps.

À l'anniversaire de Marido, on se parle vite de l'essentiel. On est sur la même longueur d'onde. Et mon autre copain repart seul.

Romance

Ils arrivèrent en même temps à une soirée...

Ce garçon, elle l'a rencontré pour la première fois à Saint-Paul-de-Vence, à treize ans. Lui en a alors vingt-deux. Une rencontre éphémère. Il la regarde. Elle le voit à peine.

Quelques années plus tard, elle en partance pour Londres, ils se croisent à nouveau, un matin tôt. Chez une amie. Sa maîtresse. Plus tard encore, elle le revoit à des soirées, des dîners mondains, au théâtre. Mais pas une seconde, au grand jamais, elle ne pense aimer un jour ce garçon, ou même en avoir envie.

Et puis, tout se bouscule. Ce soir-là. Ils apparaissent en même temps et se contemplent, amusés. Au milieu de la foule de leurs amis, il lui dit des mots qui la séduisent. Elle l'écoute, émerveillée. À ce moment-là précisément, ils ont le même désir. De choses simples. D'amour. D'enfant. De maison en Corse...

– Si tu viens chez moi ce soir, je te fais un gamin, lui dit-il.

Pour réponse, elle sourit.

Il l'embrasse.

Elle mange ses lèvres.

– Et si je te faisais un enfant ? insiste-t-il.

Elle se colle à lui. À peine dissimulé sous la fine étoffe de sa robe, son corps acquiesce pour elle. Dans la foule. La chaleur. Deux sexes se devinent. L'homme et la femme dansent enlacés. Comme pour mieux s'épouser.

Il l'embrasse encore.

– Qu'attends-tu ? lui demande-t-elle.

Sans un mot, il lui prend la main. Et elle le suit. Elle y va. Elle marche vers son destin. Il est minuit passé. Elle note la date de ce nouveau jour. Ce 10 décembre qui bouleversa sa vie.

*
**

Elle rentra avec lui. Pour un soir. Mais y resta trois semaines. En fait, elle était tombée enceinte au neuvième jour de leur idylle mais elle ne le savait pas. Elle le quitta donc au nouvel an. Au Fouquet's. Lors d'un dîner. Ça n'allait pas. Bien qu'il l'ait demandée en mariage. Elle prit la poudre d'escampette et le quitta. Pour six semaines seule à l'île Maurice avec une copine.

Là-bas, sous le soleil exactement, plage dorée et cocotiers, elle se surprit. Sans envie d'alcool. Des seins énormes. Une super pêche. Elle se voyait différente. Surdimensionnée. Déjà double. Ou une autre.

Sur la suggestion de sa copine, elle fit donc le test. Confirmation de la grossesse... À l'époque ne se présentait qu'une alternative : un avortement ou une conversation avec le géniteur. Elle opta pour la seconde solution.

Car l'enfant était de lui. Absolument certain. Elle rassembla son courage et, enceinte de presque trois mois, elle lui rendit visite.

Accord sur tous les points. Miracle ! Ils décidèrent de garder l'enfant. Pourtant, la situation était claire. Il savait qu'elle ne l'aimait plus. Cependant, elle insista. Par souci de franchise. Elle dit :

– Entre nous, cela ne marchera pas. J'en suis sûre.

– Pourtant, tu veux l'enfant...

– Oui et tu en seras le père. Je sais que tu seras sensationnel dans ce rôle...

– Tu le veux vraiment ?

– Oui. Absolument ! je veux que tu sois le père de mon enfant, répéta-t-elle... Sinon, ma vie n'aura plus de sens.

– Alors j'accepte.

– Tu es formidable.

– Embrasse-moi, Fiona...

– Non, ça ne collera pas.

– Essayons encore. Je ferai de toi une femme, lui promit-il encore.

Elle s'inclina. Sans oser lui révéler que les hommes lui disaient tous ce genre de phrases. Elle lui fit vivre une grossesse affreuse. Elle ne supportait pas qu'on la touche. Cependant il patienta. Il répétait sans cesse qu'elle était belle. Elle répondait :

– Je ne suis plus seule, je me sens prête à battre des montagnes.

Zoom

En 1989, alors qu'elle attend son bébé, elle accorde même une entrevue à un mensuel spécialisé. Dans un numéro de *Parents*, petit chignon, chemise bleu ciel à gros pois blancs, elle savoure un croissant et déclare à propos de sa grossesse : « Il y a un mois, c'était une sardine qui nageait dans mon ventre. Aujourd'hui, ce serait plutôt une baleine qui ferait des bonds dans tous les sens ! »

À cette époque, elle habite un immense appartement, blanc et silencieux, à deux pas de la République. « Avec le papa, confie-t-elle au magazine, c'est idéal et génial ! Beau, calme, équilibré... » Et le périodique de rajouter : « Le papa en question, d'ailleurs, comédien et scénariste, sera effectivement un vrai papa-poule s'il prend aussi bien soin du fiston que de la maman ! »

Pendant toute l'interview, elle ponctue ses phrases d'un : « C'est bon pour le bébé ! » et ne semble guère se soucier du décalage flagrant qui existe entre ce papier et la réalité. En effet, ils font chambre à part. En mai, alors qu'il part pour les Açores travailler, il lui demande de l'accompagner. Malgré ses positions, elle part avec lui.

Arrive enfin son accouchement qui fut, comme elle aime à le répéter, « la plus belle chose au monde ».

Enfin elle parvient à vivre pour elle-même. Pour cet enfant qu'elle désire depuis si longtemps. À Paris, le 6 septembre, le docteur, un précieux ami de la famille, lui dit :

– Tu vas accoucher ce soir.

Paniquée par l'absence du futur père qui tourne au Maroc, elle a appelé ses parents. La mère de son « fiancé », pour sa part, était venue de Corse une semaine pour veiller sur la jeune femme le temps que son fils rentre. Mais en dépit de cela, la jeune femme angoissait. Sa propre famille est donc arrivée en renfort.

À la clinique, le travail commence. Son père, sa mère, sa belle-mère dans la salle d'attente, ses frères, sœurs – heures sublimes. Puis on filme la naissance...

Comme nombre de femmes qui s'estiment uniques, surtout dans leur maternité, elle accouche d'un enfant pour se perpétuer elle-même. Afin de connaître une renaissance totale.

Le bébé la bouleverse. Son souffle ressemble à une caresse d'ange. Jamais elle ne s'est sentie aussi aimée, aussi indispensable à l'autre, aussi purement essentielle.

Au retour du fiancé, l'enfant, leur fils, a neuf jours. Il est 21 heures, il entre. Assise sur le canapé, (elle a arrangé et décoré « la maison », l'appartement tout blanc de la République), des fleurs partout, elle donne le biberon. Elle attend ça, « quelque part » comme on disait à l'époque, depuis si longtemps...

Le retour du père de son fils provoque un mois de passion, d'émerveillement. Un amour inattendu, surprenant, fort et difficile à construire. Il faut réapprendre à aimer. Se regarder dans la glace et comprendre. Découvrir ce qu'il faut faire pour devenir une femme épanouie. Prendre et saisir la réalité des choses. Affronter ses défauts. Devenir mère. Et en même temps une femme.

C'était très beau. Le premier trimestre fut formidable puis l'entente se dégrada. Elle a attendu. Patiemment. Elle trouvait que c'était important que le petit soit avec sa mère et son père les deux premières années, au calme.

À vingt-sept ans, elle a déjà bien vécu. En ce moment, elle mise sur sa deuxième vie, celle de l'âge adulte. Trop vite passée de l'enfance à l'adolescence, elle est déterminée à assumer et à saisir cette nouvelle chance. De femme. Et de mère. Dans cette perspective, elle s'applique à mener avec le père de son enfant une existence commune.

Le petit grandit. Il a deux ans et demi lorsqu'on propose à la jeune femme de jouer au théâtre de La Michodière une pièce de boulevard avec Michel Roux.

Pendant ce temps, le couple souffre de « maux horribles », et leur incompatibilité d'humeur s'accentue. Intellectuellement, pourtant, ils s'entendent à merveille. Ils se comprennent à demi-mot. Le fait qu'il écrive convient d'ailleurs fort bien à l'actrice. Mais elle s'ennuie. Parce qu'il se plante des heures sans parler devant son ordinateur. Quand elle l'interrompt, il se montre d'une humeur de crin. De plus, dès qu'elle sort, jaloux même de son ombre, il ne supporte pas qu'elle se mette en robe pour aller à ses rendez-vous...

Histoire de respirer, de goûter l'air du large, elle s'enfuit alors un mois chez une copine. Il vient la retrouver. L'invite au Brésil.

Là-bas, finalement, ils s'entendent et concluent que dès leur retour à Paris, ils se verront le week-end et aux vacances. Elle devine qu'il pourrait changer. Il s'est déjà sérieusement amélioré. Mais comme le dit un dicton populaire, le discours est facile et la pratique difficile. Elle ne se sent pas la vocation de Mère Teresa ou d'un psy de service. Et l'arrivée d'un nouveau soupirant vient chambouler cet équilibre précaire.

Leur histoire se dégrade encore. Il ne supporte pas d'être largué. De pénible, il devient perfide, manipulateur, pervers, rancunier.

Elle regrette qu'un type beau et intelligent qui écrit si divinement bien se conduise ainsi. Elle apprend à ses dépens qu'en amour, les plus remarquables n'échappent pas à ce genre de réactions.

Et comme il en va ainsi de sa vie, une fois de plus, elle rassemble ses affaires dans un baluchon pour reprendre la route, celle qui la conduira plus loin, sans plus de commentaires, jusqu'au chapitre suivant...

Fin de la romance.

XIII

EXTRÊME

– Je dois vraiment vous avouer quelque chose, dis-je en plein repas de bienvenue...

C'est le soir de mon arrivée à Chamonix. En février 1990. Quelques minutes plus tôt, le réalisateur Thierry Donard m'a présenté l'équipe de *Pushing the limits,* un film consacré aux sports de l'extrême qui sévissent de plus en plus au sein des jeunes générations.

Les décennies précédentes, *La Fureur de vivre* avec James Dean et *Easy Rider* avec Peter Fonda subjuguaient les gamins. Désormais la mode exige plus de frissons. Sur tous les écrans de la planète, *Point Break*, avec Patrick Swayze et Keanu Reeves dans un long métrage made in U.S.A. de Kathryn Bigelow, orchestre une fiction du genre histoire de loufdingues ! *Point Break* est plus romancée, *Pushing the limits* promet d'être plus sportive. Mais les deux réalisations témoignent de 100 % d'adrénaline. Il faut assurer. Il ne s'agit plus de sauter en parachute ou de surfer sur les flots au sommet de la vague mais d'allumer le danger, de le repousser, le braver toujours plus loin, jusqu'au point limite, une autre façon de jouer avec la vie. Comme pour défier les règles de l'univers...

Attablés pour un grand dîner dans un restaurant, tous les participants du projet, moi comprise, soudés dans la dégustation de tournées de Tequila Paf, brisent la glace et font connaissance.

Les verres aidant, je leur répète d'une voix plus forte afin de capter l'attention générale :

– Il faut que je vous dise un truc important : je ne sais pas skier ! Je n'ai pas chaussé de skis depuis vingt ans... J'ai une peur bleue !

Ils rigolent tous.

Je me crois obligée d'insister. Ce n'est pas une blague. Ça fait une semaine que je ne pense qu'à ça ! À la façon dont je vais leur annoncer que je suis complètement inapte et incompétente pour tenir le rôle qu'ils m'ont assigné. Ça fait huit jours que je suis mal. À cause de ça ! Et après une nouvelle rasade de Tequila, je me lance.

– Pendant que nous y sommes, faut aussi que je vous l'avoue : je ne suis même pas capable de mettre une fixation de skis !

Ils rigolent encore. L'un me répond :

– Tel est pris qui croyait prendre...

– Que veux-tu dire ?

– On va te garder et tu feras quand même le film....

Voilà ! Rien de plus simple. À vouloir jouer sur la corde raide, me voici en pleine situation de l'extrême ! L'équipe se jette sur une nouvelle tournée d'alcool mexicain. Dans le brouhaha des conversations, j'entends qu'ils trouvent mon bluff courageux...

Le lendemain, ils décident de me « confier » à un coach pour m'entraîner sur les pistes et m'initier aux secrets de la glisse. La poudre blanche, je connais. Mais le slalom, c'est autre chose !

Aussitôt dit, aussitôt appliqué ! Pendant trois jours, Jean Lou, le prof, me donne des leçons particulières de ski. J'ai une trouille abominable mais la gentillesse de l'équipe me motive.

Le grand jour arrive. Comme tout le staff, soit dit en passant composé exclusivement de bonshommes, je monte au sommet en hélicoptère. Ensuite, comme prévu dans le script, telle une championne émérite, je descendrai vers la vallée blanche. Ils me lâchent.

– Vas-y ! Débrouille-toi !

Eux, les autres, les mecs, accomplissent leur descente en une demi-heure. Moi je rame, si j'ose dire. Thierry Donard prend même le temps de remonter me rejoindre pour me convaincre de renoncer. Je m'obstine. Je mets deux heures et demie mais j'arrive en bas ! Trempée de peur ! les mains tremblantes. Les jambes en coton. J'obtiens le rôle.

Mine de rien, ils trouvent que j'ai du cran. En plus, je le sens, ils apprécient ma gentillesse et mon côté grande fille toute simple, pas prétentieuse...

Une nouvelle aventure commence. Je vais chercher mon fils à Paris chez mon père et je m'installe à la montagne pour les besoins du film.

Au début, lorsque Thierry Donard qui cherchait une skieuse patentée m'a contactée, j'ai refusé. Je détestais la montagne. Surtout à l'époque. Je ne suis pas allée au casting. Les types du film m'ont rappelée. Mon agent m'a prévenue :

– Tu vas visionner des images rock 'n' roll un peu fortes. Des sports de l'extrême. Il faut te blinder.

Avant la présentation des rushes, des premières prises de vues, Thierry Donard a voulu me rassurer et m'a juré que je serais doublée. Je devais jouer une journaliste.

Finalement, j'ai fait le casting. Au vu des images en question, j'ai fait semblant d'être complètement familiarisée avec ce genre d'aventures. J'ai dit aussi que je parlais anglais, que je savais parfaitement skier et que je n'avais pas peur d'apprendre à sauter en parachute. Tout à fait certaine de ne pas être retenue.

Lorsque mon frère Manuel m'a téléphoné pour savoir comment cela s'était passé. Je lui ai raconté.

– J'ai vu un ouf qui filmait des scènes dingues. J'en étais stoned rien qu'à les regarder...

Le lendemain, le metteur en scène m'a appelée de nouveau pour me dire de les rejoindre à Chamonix. J'ai accepté. Entre 1987 et 1992, je n'avais rien fait. Juste du théâtre, et des télés. Ça faisait trop longtemps que je ne tournais pas. C'était le premier rôle féminin... Dans un projet original où l'aventure tenait la vedette. *Pushing the limits* : ça me changeait enfin de registre ! Dans ce film, je m'appelle même Fiona.

On a tourné pendant un an et demi : à Chamonix tout d'abord. En Bolivie. En Argentine où j'ai appris à sauter en parachute. Et enfin à Paris, Biarritz et Chamonix de nouveau...

Ce fut une période géniale, mes années d'amitié avec Thierry Donard. Lors du tournage de son film, nous sommes allés à Hawaï, Tahiti, Los Angeles, Cuba, Venise, et ces escapades m'ont beaucoup aidée. C'était très enrichissant. Comme une histoire pleine de rebondissements.

Je vivais encore avec le père de mon fils qui passait ses journées sans parler devant son ordinateur. Alors quand j'ai rencontré ces allumés, je n'ai pas hésité. Selon le mot d'ordre récurrent en vigueur à l'époque, je ne voulais vivre que d'expériences et exclusivement de cela. J'ai donc tenté l'aventure...

*
**

Alors que le tournage se terminait, j'ai rencontré un garçon du genre sportif que je nommerai Marc. Il me plaisait. Après le film, je suis restée à Chamonix. J'y ai même vécu un an. Pendant trois mois, j'ai dormi avec lui gentiment, comme ça, sans faire de vrais câlins, avant de penser à autre chose... Lui sortait d'une histoire, il voulait qu'on tombe amoureux petit à petit... C'est ce qui m'a plu chez lui. Pour moi, il y a autre chose que le sexe. Et le plaisir est venu après.

Cela dit, la montagne, j'aimais très modérément. Je ne me voyais pas passer ma vie en combinaison et en snow-boots. On s'est installés dans le Sud-Ouest. Certains artistes ont leur période bleue ou rose, moi, je me suis mise au vert. Dans un coin de campagne non loin de l'Atlantique.

C'est à ce moment-là que j'ai découvert Biarritz, un autre lieu auquel je suis très attachée. Lorsque j'ai vu cette côte fouettée par l'Atlantique, j'ai renoué avec mes racines basques, héritées de ma grand-mère maternelle, plus vivaces que je ne l'aurais cru.

Malgré ce changement de vie, j'ai gardé mon pied-à-terre à Paris pendant tout le temps de mon séjour en province. Cinq ans.

Là-bas, à la campagne, écrivant des nouvelles, pratiquant le yoga, j'étais bien. Les journées étaient courtes. En bonne lève-tard qui se respecte et s'éveille généralement vers 11 heures, je suivais mon rythme, tranquille, respectant mes besoins de sommeil. Mais je n'ai pas envie de parler de mon existence avec Marc. Peut-être n'est-elle pas encore tout à fait assimilée ! Disons simplement que quatre ans de vie commune avec lui au lieu de cinq m'auraient largement suffi. Ainsi aurais-je certainement évité un nouveau séjour en H.P. Pendant mes quatre premières années au vert, je ne me droguais pas. Non.

À Paris, je voyais papa et j'avais alors la chance de parler de choses intéressantes... De temps en temps, lors de mes escapades parisiennes, je m'offrais une petite fête mais j'ai surtout retouché à la poudre quand j'ai avorté. En 1996.

Je me souviens. Toute fière, j'avais débarqué à la maison pour annoncer à Marc l'heureux événement quand il m'a rétorqué :

– Ah non, ça ne va pas ! T'es gentille, tu vas le faire passer.

Bonjour la déception ! Que dis-je ? La douche froide. Le lancer de pavés en pleine poire.

– Mais je veux garder le bébé ! risquai-je...

Lui ne voulait pas. Il me le fit clairement comprendre. Sa première phrase avait déjà été suffisamment explicite. Il n'était pas prêt à être père... Question de maturité.

Mais sur le coup, ce n'est pas là-dessus qu'il a fondé son argumentation.

– Je veux que tu fasses tes preuves, me dit-il vulgairement.

Pourtant ça faisait un bail qu'on était ensemble. Mais il n'était toujours pas sûr de moi. Il savait que je faisais encore la fête à Paris, à fumer des pètes ou à prendre un peu de coke. Mais ce n'était pas très important, je n'avais pas vraiment replongé.

L'avortement a tout déclenché.

C'était la première fois que j'avais recours à ce genre d'intervention. Après l'IVG, je me suis offert un rail énorme. De l'héro. Pure. Et là, j'ai recommencé. Ça m'aidait à accepter. À faire semblant d'être bien. À dire : « Ce n'est pas grave, on le gardera la prochaine fois. » À ce moment-là, j'aurais dû partir mais j'étais trop faible. J'aimais encore Marc. Si j'avais eu le courage de le quitter juste après l'avortement, je me serais épargné bien des galères...

L'I.V.G. m'a donc fragilisée. Je ruminais. « J'ai quand même tout quitté pour lui ! Ces quatre ans ensemble méritaient bien un enfant... » C'était difficile. Mine de rien, chaque histoire d'amour, je la vis à fond, je me dis : « Ça y est, cette fois-ci, c'est la bonne ». Hormis la déception, j'ai compris qu'on pouvait aimer à la folie, mais aimer mal... Et comme Marc manquait de tact, qu'il n'avait pas les mots pour m'aider, j'ai pris sur moi. Comme d'habitude.

Une psychothérapie a suivi. Je ne parvenais pas à faire le deuil de ce môme... Ma relation avec Marc s'effilochait. Pas mal de temps, j'ai traîné cette sorte de haine et de détresse. Un trop-plein, une tristesse mal supportée... Ce nouvel échec me pesait. Et cela suffit pour provoquer une belle dépression.

Avec le recul, il apparaît que ces situations de crise, ces « moments de folie » nettoient tout, même les indigestions et les amertumes. Une fois le passif liquidé et soldé, on peut repartir. C'est ma nature. De toute façon, j'ai tendance à pousser les histoires à l'extrême pour qu'elles explosent et que je puisse reconstruire sur des bases différentes...

La dernière année, à la campagne, j'ai lu des ouvrages sur le taoïsme et des bouquins du docteur Murphy comme *La Confiance en soi*. Enfermée dans les toilettes avec le bouquin donné par une copine, je passais des heures sur le trône à répéter :

– Je suis grande, belle et intelligente.

Des phrases comme ça... Dans les toilettes... Sans vraiment me soucier d'avoir l'air d'une conne ! Et ça aide ! Ce docteur Murphy et le taoïsme m'ont amenée à devenir ce que je suis maintenant. Ils m'ont aussi aidée à accepter ce qui allait suivre.

Au bout d'un an, je me suis dit : « Zut ! En fait, tu es bien ! Et tu vis avec quelqu'un qui te rabaisse tout le temps... » Brusquement, j'ai zappé. C'est-à-dire que j'ai embrayé.

Si je ne suis pas partie tout de suite, je me suis lancée dans d'autres plans, des équipées sportives et professionnelles. À force de prier les anges, ceux-ci m'ont envoyé un de leurs collègues en chair et en os. Ainsi, par chance, à la fin de 1996, j'ai rencontré celui qui allait devenir mon meilleur ami, Yves, un type formidable, un homme de cœur avec de grandes qualités humaines, intelligent, respectueux, très psychologue... Il y eut alors un coup de foudre amical.

Une amitié rarissime. Ce pourrait être l'objet d'un roman... En cas de coup dur, j'ai tout de suite envie de l'appeler.

Devinant ma situation « précaire », mes neuf ans de R.M.I., mes éconocroques confisquées par les impôts et ma misère noire, cet ami m'a proposé un job de relations publiques dans sa boîte. Après ces années de galère financières, ça m'a permis d'avoir un salaire jusqu'en janvier 2001 et de rebondir...

Explications

Comme je passe aux aveux, il est temps d'aborder un sujet qui fait mal. Mes arriérés. Au temps de mes flamboyants succès, j'ai commis la bêtise de ne jamais déclarer mes revenus aux impôts.

En 1985 déjà, je leur devais quelque soixante patates (lisez six cent mille francs de l'époque). Il m'était impossible de les payer. Je leur en ai donc donné la moitié. Mais je leur dois toujours la même somme. Pourquoi ? Ce n'est pas difficile à calculer. À cause des amendes. J'ai été majorée de 50 %. J'ai pourtant essayé d'argumenter mais « ils » ne veulent rien savoir.

C'est un sujet de révolte. J'ai l'impression d'être traitée comme un milliardaire renégat. On me croit blindée (lisez friquée). Pourtant je vis actuellement dans un cinquante mètres carrés. Mon homme me paye le loyer. Ma voiture m'a été offerte. Je le répète : j'ai vécu neuf ans au R.M.I. Je n'ai jamais été entretenue. On m'a aidée à vivre, des amis ont parfois subvenu à mes besoins, mais toujours dans la limite du raisonnable : le minimum vital pour faire taire mes angoisses.

À cause de mon passé, je tremble toujours qu'une mauvaise surprise déboule. Dès que je touche un chèque, j'ai peur de ne pouvoir l'encaisser. Les impôts me taxent tout. J'aimerais obtenir une grâce. Je veux bien payer ma dette mais ils pourraient me dispenser de régler les intérêts qui s'accumulent. Je m'en fiche d'être riche mais dès que j'ai un engagement, les impôts envoient à mes employeurs des avis détenteurs. Ce n'est pas du meilleur effet ! Et cela décourage plutôt les patrons potentiels, que ce soient des producteurs de films ou les chaînes de télévision. D'ailleurs comment pensent-ils que je puisse trouver du travail dans ces conditions ? C'est un cercle vicieux.

Ma dette envers la société ? Avec l'hôpital psychiatrique, je l'ai payée ! Largement même. Mes compteurs sont à zéro. Maintenant, aux impôts aussi de s'aligner pour m'aider à sortir du rouge...

J'aimerais simplement avoir assez de monnaie pour partir de temps en temps en week-end, avoir un appart' plus grand et me faire masser une fois par semaine... Ce n'est pas le Pérou ! Mais on est persuadé que j'ai un train de vie faramineux. Alors que je ne suis qu'une bohémienne à l'âme riche. Et si je voyage énormément depuis vingt ans, je n'ai jamais payé mes vacances. À Bali, à Hawaï, à (l'île) Maurice... j'accepte de poser pour des photos et on me paie les séjours.

Pour les vêtements, *idem*.

Pour le coiffeur, *idem*.

Les bijoux, je n'en porte pas.

Et question voiture, ma 206 d'occase me suffit...

Ma déclaration d'impôts à présent est vite faite. Alors qu'on efface mon ardoise, de grâce !

Fin du plaidoyer.

Retour au récit...

Progressivement, en dehors des horaires de travail, j'ai vu Yves une fois ou deux dans le mois au cours de dîners où on se parlait à bâtons rompus. Ensemble, on a participé à des compétitions automobiles. Le premier rallye *Optique 2000*. Puis on a enchaîné sur d'autres challenges. Notamment avec l'ancien champion de moto du Paris-Dakar, Cyril Neveu, désormais captivé par les rallyes tunisiens et marocains... L'aventure me faisait renaître...

XIV

GÂCHIS

Pendant trois ans, jusqu'en 1998, dans les dunes et sur les pistes de l'Afrique du Nord, j'ai goûté à ces instants suspendus à l'aube, lorsque tout le monde se parle encore dans le secret de la nuit, gourmand d'échanges, de partage, de ces moments uniques où la communication avec chacun devient facile, évidente...

Quand le jour se pointait, qu'il faisait un peu frais, que la nuit bleuissait doucement, j'avais l'impression d'avoir tous mes sens en éveil. De plus en plus. Au fur et à mesure que le temps passait, j'ouvrais les yeux plus tôt. Les angoisses des matins de mes années de flip et d'incertitude s'estompaient. Et contrairement à ce que j'aurais pu croire ou imaginer, ce sont ces matins de rallye où je me levais à l'aurore qui m'ont permis de savourer à nouveau la vraie vie, un zeste de bonheur. De croire aussi que tout était possible. Qu'il suffisait de l'espérer.

Entre deux rallyes, déguerpissant définitivement de la campagne, ou presque – je dis presque car les ruptures pour moi ont un arrière-parfum insupportable, celui du définitif et de l'irrémédiable – j'ai pris seule un quinze mètres carrés à Montmartre. Et de me lancer dans le tourbillon des fêtes. Au bout de trois mois, Marc est venu me rechercher. Une, deux, trois, quatre fois. Pendant un an à faire la navette, je me disais : « Je retourne avec lui au vert. » Je tenais quinze jours et je disparaissais. En suivant des stages de théâtre, en tournant des téléfilms... Dans la valse des distractions parisiennes. Et des mauvais plans.

Un jour notamment, j'ai vu mon cœur tomber par terre. Un sacré manque de chance. J'allais chercher un petit paquet de poudre. Mon contact n'était pas chez lui. Pour patienter, j'ai traversé la rue. Juste en face du métro Stalingrad. Près d'un café. Bêtement, j'ai attendu.

Là, une nana me parle. Me demande une cigarette. Je la lui donne. On discute. Enfin, on marchande. Elle me file un petit paquet...

Pour les novices en la matière, précisons-le : le paquet type en question est reconnaissable à quinze mille bornes à la ronde. Durant toutes mes années de défonce, sa taille et son aspect son restés immuables. Il y eut greffe et clonage. Et des millions de petits frères. À croire qu'on les fabrique industriellement tant leur format est identique. Un paquet constitué de papier blanc spécial machine à écrire (aujourd'hui à imprimer), 21 × 29,7 en 80 grammes.

Virginal, rectangulaire, bien plié comme une enveloppe. Et à l'intérieur, une poudre grise ou blanche, selon la qualité, selon qu'elle a été coupée ou pas.

Ce soir-là, je devais jouer au théâtre... Mon achat accompli, je reprends la voiture. Je roule trente secondes quand je vois un véhicule de police me faire une queue-de-poisson et piler devant moi. Un coup d'œil dans le rétro, j'en aperçois un autre à l'arrière en train de me coincer. Scène classique. Les inspecteurs de la maison Poulaga s'approchent. Me sortent de la voiture et finissent par m'arrêter. Comme ça !

Quand même, pour dix sacs ! me dis-je.

Cette semaine-là, *Match* m'avait consacré deux pages. Je ne sais plus pour quelle raison. Mais cela avait suffi pour que l'on me reconnaisse. Dissimulés derrière le kiosque à journaux du métro Stalingrad, les flics suivaient une nana (cette même nana à qui j'avais offert une cigarette !). Ils se sont dit : « Merde, Fiona Gélin ! » et ils m'ont embarquée.

Direction Bobigny. Gyrophare et sirènes à l'appui. Ambiance urgences. Terreur et damnation. Vitesse d'enfer. Starky et Hutch sans la musique du générique ni le cadre de la téloche. Je n'en mène pas large. Leurs bouilles patibulaires ne me rassurent en rien. Le paquet dans ma poche me chauffe les cuisses et m'épouvante.

Bientôt, ils s'amusent à me poser des questions. C'est pas possible ! Ils savent. Ils me connaissent bien.

– Montre-nous tes bras, ordonne celui qui semble le chef.

– Mais je ne me suis jamais shootée !

Bien durs, les mecs. Et puis on discute. Je les imite.

Devenue loubarde et mal élevée, je parle comme eux. Tout à coup, ils pensent qu'on est de la même famille. C'est mon côté « je retombe vite sur mes pattes ». Je leur dis :

– Allez-y, fouillez-moi, je n'ai rien à me reprocher...

Ils se sont exécutés et ils n'ont rien trouvé. Incroyable. Je n'en revenais même pas moi-même ! Je portais un pantalon en daim et une veste en jean : ils ont juste passé la main sur mes vêtements sans s'attarder... Rien. Pas vu, pas pris. Sinon j'étais bonne pour la garde à vue... Mais j'ai joué leur jeu fratricide. On a fini au pastis. Puis, ils m'ont ramenée jusqu'au théâtre.

La semaine suivante, ils étaient une dizaine dans la salle à venir me voir jouer. Ça aurait dû me servir de leçon. Mais pas du tout !

Quelque temps plus tard, je vais voir à Belleville un dealer, un petit fourgue de came, un copain de Pierre, retrouvé récemment. Par les copains du cinoche, j'avais appris qu'il exerçait toujours.

Il faut dire qu'à cette époque, comme ils m'aimaient bien, les dealers avec lesquels j'étais devenue copine me disaient souvent :

– Écoute, c'est tellement dommage ! On n'a pas envie de te servir. C'est trop con, arrête ! Ne prends rien...

Cependant avec ce type, ce n'est pas le cas. Il m'a déjà servie une fois. Sans faire de sentiments. Juste la semaine dernière. Aussi j'y suis retournée sans m'inquiéter.

Toc-toc. On m'ouvre. Boum ! Deux barbouzes me prennent par le bras. Me plaquent contre le mur. Me fouillent. Et me traînent vers la salle de bains pour me planquer.

Inutile de le préciser : si je ne suis pas sortie de « Sciences po », je comprends néanmoins à qui j'ai affaire. Des flics ! Au hasard de leur conversation, je découvre qu'ils ont l'intention d'attendre mon dealer. Élémentaire ! Mon cher Watson... Et moi, je dois tourner une télé à 17 heures. Me voilà mal. C'est rien de le dire. Histoire de les émouvoir, j'en rajoute :

– Attendez, je tourne ! Il faut me laisser sortir. Regardez mon agenda... Je suis juste venue en acheter pour dix sacs !

Ils se sont attendris. Finalement, j'ai fait une déposition. Le mec est arrivé assez rapidement. Ils l'ont cerné tandis que j'étais cachée dans la salle de bains. Une fois leur proie attrapée, ils m'ont libérée et j'ai pu rejoindre le tournage. Avec une frayeur ! Et complètement bouleversée...

Ce sont les deux occasions où j'ai eu le plus la trouille. Mais j'arrive très bien à contenir ma peur. Elle ne se voit pas. Quand je suis au bord du précipice, je réussis toujours à rattraper la situation en ma faveur... Merci ma bonne étoile !

Pourtant j'aurais préféré que cette étoile me serve à être reconnue dans mon métier mais elle ne s'est employée qu'à me sauvegarder du pire. C'est déjà pas si mal.

Encore une fois, ce genre d'incident aurait dû m'alerter... Comme signal d'alarme, il n'y avait pas mieux. C'était clair. Surtout quand les signes se rapprochent et se répètent. Mais je n'en ai pas tenu compte... Le drogué se croit toujours le plus malin, même avec le destin.

Heureusement Yves, complètement hors de ce circuit, parvint quelque temps à jouer de sa bonne influence, à me préserver des galères et surtout de mes instincts autodestructeurs. J'enchaînais les courses automobiles. Les Enfants des sables en Tunisie. Le Rallye de Mauritanie en 97 et 98. Le Trophée des gazelles, les mêmes années. À travers Tunisie et Maroc. Et bien que je n'en fasse plus depuis trois ans en raison des épisodes qui vont suivre, j'aime toujours autant les rallyes.

En effet, en 1998 pendant le rallye tunisien, j'ai eu un accident avec la voiture que je pilotais, mais j'ai immédiatement recommencé un autre circuit : le Trophée des gazelles. Et là, à cause d'une succession de chocs émotionnels, j'ai « décollé ». C'est-à-dire que j'ai replongé dans le délire. Comme disait Antonin Artaud : « Un acteur, c'est un fou qui revient... »

Zoom

Alors qu'en 1997, ma copilote et moi sommes arrivées troisièmes sur vingt-cinq, l'année suivante, notre équipe ne ressent plus les mêmes motivations. Emmanuelle, ma « co », veut absolument gagner... Moi, bien branchée mystique, je ne me vois pas avec l'âme d'une battante, d'une conquérante, je souhaite juste participer. Mais ma copine me pousse. Je ne dors jamais. Ou presque. Après un somme plus bref que réparateur, je me réveille à 5 heures du matin. Chez les Bédouins. Pour prendre le thé avec eux. L'esprit toujours en élévation. Je me montre solidaire des femmes arabes. Palestiniennes. Israéliennes. Algériennes. Je ressens tout. Sans que je m'en aperçoive, mes émotions atteignent la surchauffe.

... C'est une époque où je décroche. Dans ces temps de sevrage, on est surexcité. On compense ainsi. On ne dort pas. On arrive à des états limites. Différents d'avec la drogue. Mais limites. Très limites...

Un jour, touchée par une exaltation « boostée » à son maximum, je craque. On doit participer à une épreuve sportive... S'attacher avec un harnais pour franchir un canyon. Moi qui n'ai jamais froid aux yeux, j'éprouve une peur panique. Quand je commence à avoir peur des sports extrêmes, c'est que ça ne va pas. Normalement, je fais plein de trucs... Sans hésiter... Je fonce vers l'obstacle.

Mais là, impossible. Bloquée. Paralysée. Je ne peux bouger. Ma copine argumente. En vain. J'amorce un demi-tour avec la voiture. Déjà, dans notre habitacle, j'ai l'impression d'être attachée... Je me crois coincée dans une camisole de force. À côté de moi, l'autre insiste de plus belle. Soudain, je hurle. Coup de freins brutal. Et décisif. Je sors. Hors de la voiture, je jette mes vêtements, mon casque. Je m'assoie sur la rocaille sablonneuse de la piste, je cherche mes allumettes et je commence à jouer avec, en faisant des rituels tribaux sur le sol.

À bord, il n'y a pas de radio. On est seules. Face au désert. Ma « co » et moi. Quand elle réalise que je pète un câble – certainement à cause de la fatigue – que je suis en proie à une mini-bouffée délirante, il est trop tard.

On s'est perdues. En plein désert. Loin du parcours. Sans moyen de communication. Et je continue de faire mon cirque... Happening !

Enfin l'organisation nous retrouve. Les médecins me font une piqûre. Mais j'ai une allergie. Le visage paralysé. Les yeux au plafond. La langue pendante. Et malgré tout consciente. Je communique par signes, par messages écrits. Je ne veux pas qu'ils me rapatrient. À cause de mon père, fragilisé depuis peu par sa santé.

On m'installe dans un hôtel magnifique. En plein désert. Une infirmière veille sur moi durant trois jours. Je reste finalement dans l'organisation. Comme en régie en plein tournage. Je suis l'équipe de la logistique. L'infirmière continue de veiller sur moi.

À l'aéroport, à peine ai-je débarqué dans le hall et franchi la douane de Roissy qu'un psy s'approche de moi. Il m'attend avec mes parents. J'ai droit à ma petite séance de morale. Je ne sais plus ce que je réussis à dire. Le psy me trouve normale et je rentre dormir à Montmartre.

Une semaine après je me rends au Festival de Cannes. Me voici repartie pour trois jours de fête. Fous. Je ne viens pas pour défendre un projet mais je représente une grande marque. Mode. C'est courant. Nombre d'actrices ou d'artistes n'ayant pas de film en compétition ou d'actualité culturelle créent l'événement en défendant les couleurs d'un couturier ou d'un joaillier.

Naturellement, sur La Croisette, je renoue avec certaines relations. Un copain. Un stand. Je connais tout le monde. Au Carlton. À parler. À griller les nuits blanches. Sans jouer à l'héroïne, mais en me laissant quand même tenter par sa sœur jumelle.

Cannes. Coke. Deux lignes. Pas dormi. La montée des marches. J'ai assuré. Coke. Deux lignes. La nuit suivante. Normale. Coke. Deux lignes. Pas dormi encore. Coke. Deux lignes. Photos. Interviews. Encore plus d'interviews. Et de photos. Enchaînement rapproché. Coke. Deux lignes... ça allait. Jamais je n'avais vécu cela. J'étais ma propre attachée de presse. Limousine – chauffeur – garde du corps. Je me croyais peinarde. Coke. Deux lignes... Départ.

Après ces trois jours « intenses », je reprends le chemin de la capitale. Seule. Avec escale à Nice. Une journée chez mon amie Bernadette. Une respectable mère de famille, clean. Une journée de décompression énorme après une grosse fatigue. Naturellement, il n'en faut pas plus pour me faire basculer. Discrètement.

Dans ce cocon familial, différence d'atmosphère ou changement de vitesse, qu'importe, je disjoncte. Je souffre d'un mal au dos. D'insomnies. De pleurs intempestifs. Je pleurniche deux jours entiers. Personne ne me voit glisser... Comme victime d'un truc rétroactif, une allergie psychologique. Un ras-le-bol. Sinon j'ai assuré. Je donnais le change. En apparence, normale.

Une fois calmée, j'ai rejoint mes pénates. Encore un peu allumée, je me suis habillée tout de blanc, croyant aller à mon mariage ! En fait, j'ai rendu visite à la famille. Mes parents m'ont dit par la suite qu'ils m'avaient trouvée décalée, mais je me tenais et j'ai fait illusion. J'assurais encore. Même si la frontière entre le réel et le délire se rétrécissait de plus en plus, imperceptiblement...

Au retour de Cannes, je tombe raide amoureuse d'un comédien d'une vingtaine d'années que je nommerai ici Julien. Pendant une semaine, nous vivons la passion. Petit à petit, je glisse. Emportée par le délire et la frénésie amoureuse.

Julien claudique à cause d'un accident de moto assez récent. Amoureuse dingue, je ne mets alors qu'une chaussure pour boiter aussi. Inutile de faire les choses à moitié ! À nous deux, selon moi, nous devons composer une paire ! Grave...

Invitée à la TV pour une émission de Dechavanne, tandis que justement, on m'interviewe sur la passion, je pète un câble en direct. J'ai fait l'erreur de confondre, de me méprendre sur le sens du mot passion. Je voulais évoquer les sports de l'extrême. Dire que j'avais bivouaqué sur le lac Titicaca. Reparler de *Pushing the limits*. Mais non ! Il s'agit de liaisons dangereuses. Et on me ressert toutes mes histoires d'amour. Comme j'en vis une à fond et que nous voulons la garder secrète, je m'agite. Je change de place toutes les deux secondes, je fais n'importe quoi. Le présentateur me sauve la mise mais il est temps que le show se termine...

Le lendemain, je fête mon anniversaire. Avec Julien et une bande de copains. Mon attaché de presse a préparé une mégateuf. Mais il a aussi oublié de se montrer discret. Quand je me pointe dans la boîte de nuit où nous devons festoyer, les paparazzi me guettent. Je pousse une énorme gueulante et je me barre dans Paris. Comme d'hab. Je perds mon sac. Dans la main, je n'ai que la boussole offerte par Julien.

– Comme ça, m'a-t-il dit, tu me retrouveras toujours !

Partie cahin-caha, en boitillant, avec une longue robe rose sur laquelle est dessiné un ange, je zone dans Paris. Noir et blanc. Plutôt noir que blanc. Black-out coutumier...

... Mal au dos extrême. À bout de fatigue. À bout de forces... Quand enfin je rentre chez moi, je me retrouve en pleine série B. Les flics m'attendent. Julien les a prévenus. Près des képis, j'aperçois mon frère Manuel. Ma sœur Laura. Lydie, ma belle-mère.

Le peu de notion qui me reste de la réalité s'estompe. Je me retrouve dans une galerie de tronches où chacun me dévisage. Je décolle. Cette fois-ci, plus d'hésitation possible. Avec la crise de nerfs – violence et coups de poing – que je leur assène, plus personne ne doute de mon état mental.

Quelques minutes plus tard, le personnel du corps médical s'approche, armé d'une ceinture en cuir pour me sangler. Mais je dis :

– Non, ne m'attachez pas. Je viens.

Je choisis un copain et ma petite sœur pour

m'accompagner. On me met dans l'ambulance. Et je m'écroule sur la civière tandis que les portes de la camionnette se referment. Haut. Haut. Haut. Bas. Très bas. Je plonge dans le noir. Encore une fois sans espoir.

XV

LA TRAVERSÉE DU MIROIR

Toujours vêtue de ma longue robe rose parée d'un ange, je déambule ainsi pendant deux jours dans ma cellule de Sainte-Anne. Je reprends possession de l'environnement des hôpitaux psychiatriques.

En comparaison de ma crise de 1987, la plus grosse alerte, je récupère vite en 1998. Tout aussi rapidement, je crois comprendre pourquoi je disjoncte. Du moins, sur le moment, je le devine. Aujourd'hui, après quatre ans de réflexion, je peux mieux l'expliquer.

Nous, les quêteurs d'absolu, les alcooliques, les toxicomanes, les maniaco-dépressifs et autres désaxés, nous plongeons pour des raisons qui se répètent et se ressemblent par trop souvent. Par solitude. Chagrin d'amour. Manque de travail.

Avec l'alcool, la drogue, on choisit un moyen d'autodestruction parce qu'on se sent mal aimé, pas encouragé dans la vie... On a une prédisposition à être ou à devenir schizo...

À délirer pour un rien, dans la détresse comme dans la joie...

On se raconte des histoires auxquelles on croit.

Par exaltation. Ou par chagrin. Nous gérons mal nos émotions, nos peines, nos cafards. On se jette sur n'importe quoi. Du moment qu'on décolle. Que le quotidien et la mélancolie s'effacent ! On prend ce qui se présente. Alcools. Drogues. Produits de substitution. Sirops antitussifs prohibés. Poudres au rabais.

Il faut le dire : du temps de mon père, dans les années quarante ou cinquante, la came était bonne... Elle ne concernait que de rares initiés. Au fil des vingt dernières années, alors que le nombre de consommateurs augmentait, on a vu la détérioration des produits...

Aujourd'hui, avec quelques grains de crack, la tête peut exploser comme un cocktail Molotov. L'héroïne et la cocaïne ont perdu de leur pureté. Même moi qui me suis pas mal déjantée, je l'ai constaté. Et la mauvaise qualité de certains substituts n'aide pas à maintenir le cap. Bien au contraire ! Comme avaleurs de neurones, il n'y a pas mieux.

Pour ma part.
Schizo,
Par la drogue,
Schizo,
Par mon métier,
Je souhaitais exister dans un autre costume.
Celui que la vie m'avait donné ne me plaisait pas,

Il ne me satisfaisait plus.
Parce que.
Je ne m'aimais pas.
Je n'étais pas reconnue dans ce que j'étais vraiment.
Dans mon authenticité.
Seul, le côté préfabriqué séduisait.
Mal au dos.
Dos à dos.
De ré à do.
De l'enfance de Ré.
Au mal de dos.
Plein de pleins de dos.
À se briser les os.
Pour défaire le nœud
Il faut oser parler.
Pour échapper au hurlement intérieur,
On rentre dans l'image projetée.
Annihilée.
Insomnies
Pleurs
Décompressions,
Pressions
Dépressions
Perditions.
Les sentiments s'effacent, s'estompent.
En absence d'émois et de soi.

À l'intérieur de moi, la dualité me faisait disjoncter. Comme l'avait dit joliment un psy, je traversais le miroir. C'était une façon élégante d'annoncer que je m'offrais des bouffées délirantes.

Pour un acteur, cette traversée du miroir, c'est se jeter dans une image qu'on lui tend. Afin d'échapper à sa souffrance. Ou simplement à ce qu'il est (et qu'il n'aime pas). Ou encore à ce qu'on croit qu'il est (et qu'il n'aime pas mieux).

Jouer la comédie, c'est redevenir un enfant ou une princesse. Pour se fuir. Oublier la réalité. Interpréter une autre partition que celle de la vraie vie. Et trouver refuge dans un ailleurs, loin de l'existence qu'on ne veut pas, qu'on refuse...

De façon à mieux étayer mon argumentation, je reprendrai une interview d'Isabelle Adjani parue dans le magazine *Première* au printemps 2002 : « Pour une actrice au travail, et sans travail d'ailleurs, une personne n'est personne sans être un personnage. Mais un personnage n'est rien sans personne. Du latin qui me reste, *persona* veut dire âme et masque. Alors est-ce que j'ai masqué mon âme en la mettant à nu ? Est-ce que mon âme a été transfigurée par le masque que Laetitia [la réalisatrice de son dernier film] a fait tomber ? Est-ce que mon personnage a une âme, justement parce qu'elle prétend qu'elle n'en a pas ? À vous d'imaginer les réponses... »

Le lecteur, ajoute alors la star, a le droit de se prendre le chou avec toutes les questions que ni elle ni la réalisatrice ne se sont posées... mais sans elle. Bienheureuse sagesse ! Pour parvenir à ce genre de conclusions, la route a dû être longue. Mais elle a porté ses fruits.

Pour ma part...

Il m'a fallu franchir la frontière plusieurs fois pour ne plus avoir envie de dépasser les bornes.

Le dogme, la morale, les lapalissades sont stériles. C'est à chacun de découvrir son point de non-retour. Sa ligne de démarcation.

Lorsque je vivais à la campagne, pendant mes années vertes, juste avant de décamper, j'ai fait le point avec une psychosynthèse. Mon médecin traitant m'a fait remarquer certains points.

Petite, je me perdais partout. Mes parents me retrouvaient chez Roger Vadim – au bar des grands hôtels, n'importe où... Pour éviter ce genre de désagréments, ils m'avaient mis un harnais, une longue laisse blanche. J'ai accepté.

Je raconte donc ça au psy, qui a souligné mon côté maso. Ainsi cela m'a permis de modifier toute ma manière d'être. Dès cet instant, j'ai dit non. On ne m'a jamais connue disant non. C'est nouveau. Avant, quand j'avais quelque chose à dire, je prenais un demi-Lexomil pour téléphoner à une personne. Pour surmonter le stress de l'affrontement.

Avant je me disais : ce n'est pas possible, je tombe toujours sur des mecs durs, coléreux, méchants, à la limite violents. J'étais totalement soumise. De quoi me dire effectivement : « J'suis maso ». À chaque fois, je reproduisais le même schéma.

Maintenant, après des années dans la crainte, j'appelle n'importe qui à n'importe quel moment pour dire ce que je pense. Je n'ai plus du tout peur. Je ne culpabilise plus pour rien. Je peux affronter l'obstacle... Sans coup dans l'aile.

Ce bilan psy, c'est ce qui m'a fait revenir à Paris. Pour le travail, les stages de théâtre. Dès que j'ai dit non, je suis revenue à Paris. J'ai dit non à Marc. Pour aller au bout de moi-même... J'ai pris mon temps. J'ai encore fait quelques gaffes mais j'ai réussi. En dépit de tout. Et de moi-même.

Comme la fois précédente, après les excès et les libations engendrés par mon anniversaire, à la même époque de l'année, je me suis envolée dans un monde de chimères...

Ce qui signifiait, encore une fois, séjourner en H.P. Pour un sevrage de drogues, un sevrage de mecs... Ralentir le manège intérieur et revenir à une vitesse de croisière régulière, ordonnée et harmonieuse.

Dans ce genre de fredaines, le pourquoi, le comment et autres explications des causes ne suffisent pas. L'intellect se révèle souvent défectueux devant les maladies de l'âme. On peut parfaitement savoir pourquoi ou comment on plonge ou on disjoncte sans avoir la force d'y résister.

La sauvegarde d'un toxico, d'un alcoolo, d'un zinzin ou d'un maboule ne dépend pas d'un effort de volonté mais d'un état de grâce. Lorsqu'on est au fond du trou, retrouver la vie tient du miracle. J'oserai même évoquer une manifestation ou une intervention divine.

Ce n'est qu'après, seulement, que l'on peut parler de travail, de résolution et d'opiniâtreté. Mais sur le coup, on ne peut que supplier le ciel. Conjurer le sort. Prier pour obtenir une aide afin de bénéficier d'une étincelle qui vous redonnera la vitalité de pousser, de tenir plus loin. De repousser la main maléfique qui vous étouffe et vous enfonce sous l'eau. De reprendre souffle. De s'arracher à sa solitude. De sortir enfin des ténèbres pour émerger vers la lumière.

XVI

H.P. – ACTE II

Scène I

Ça recommence. Me voici dans une situation connue. La lumière bleue qui éclaire ma cellule m'évoque une impression de déjà-vu. Il est vrai que je suis déjà passée par ce genre d'enfermement.

Hors cadre, je rejoue le même scénario.. Recroquevillée sur moi-même, l'âme en otage, j'agonise en silence, sous le lavabo. Quelle honte. J'ai envie de mourir, de m'échapper... Pour pouvoir recommencer une autre vie, un nouveau puzzle. Mais à l'horizon, et comme seule perspective, ne se dessinent que le vide, le néant et l'amnésie.

Dès que j'en ai la force, je me lève en vacillant... Je regarde autour de moi en espérant décrypter les souvenirs. Derrière les murs, je perçois des cris désespérés...

Je l'ai déjà dit, j'ai une nette tendance à me faire un nid dans le nœud. On m'appelle l'écureuil. Je me recroqueville. Pour me sentir deux. Pas toute seule.

Comme un fœtus ? Je ne sais. Je ne crois pas. Je me parle. Oui je m'exprime. Même beaucoup. Nombre de comédiennes apprennent leurs textes à voix haute. Et je les imite. Dans un dialogue. Entre moi et moi. Incessant.

Curieusement, à travers ce nouvel internement, je comprends que c'est le prix à payer pour solder mes incartades. Le prix de ma libération.

Lorsque les épreuves me rattrapent et que je dois assumer, je tiens le coup. J'assure. Le combat m'est familier. Bien plus amical, en fait, que le quotidien et la complaisance que j'exècre.

Cela doit faire une heure que je fixe le plafond... vide, tout est complètement vide. Ma vie défile devant moi.

À part mon fils, j'ai l'impression qu'il n'y a rien de valable dans ma vie. Accouchement. Je me sens miette. Toute petite. Moins que rien. Je suis si fatiguée. Pardonnez-moi Seigneur ! Pardonnez-moi d'être faible, d'être si rien. Le seul jour où je me suis sentie quelque chose, quelqu'un, c'est quand je suis devenue mère. Mon père ce jour-là, m'a dit : « Tu as enfin accouché de toi-même. » Encore une phrase bien dure à digérer. Trop indigeste. Je me rendors. Comme un leitmotiv, elle revient.

– Tu as enfin accouché de toi-même.

N'aurais-je été qu'un étron ? Qu'une hypothèse ? Une esquisse ? Une suggestion. Une tentative de rien.

Interrogation.

Suspension.

Parce que je ne m'aimais pas. Je projetais sur les autres des pensées qu'ils n'éprouvaient pas véritablement pour moi. Et je leur faisais endosser mes propres jugements sur moi-même.

Enfer.

Je ne sais même plus depuis combien de jours je suis là. Le temps s'est effacé. J'erre dans les couloirs comme une âme en peine, larguée, complètement paumée... Et dans cette situation, je ne suis pas la seule.

Encore une arrivée aujourd'hui. C'est pire en milieu de journée. La nuit, abrutie par les doses de médicaments, je ne les entends pas. Mais le jour, quelle horreur !

Celui-ci a voulu sauter du métro. Pour se tuer, bien sûr ! Il s'est loupé... Il hurle, gesticule comme un dingue, on lui a finalement fait une piqûre aux fesses et on l'a attaché au lit. Il dort maintenant comme un mort. Je ne vais faire sa connaissance que trois jours plus tard mais je sais comment ça se passe.

Cela me rappelle vaguement mon entrée en ces lieux. Je n'étais plus moi-même. Divagante. En plein dédoublement de personnalité. Une autre...

Tandis que ma famille me présentait à l'admission, je me suis évanouie plusieurs fois. Ma sœur Laura m'a aidée comme si j'étais un bébé. Finalement, les infirmiers m'ont emmenée. Vers le service d'un docteur réputé. Dans le couloir il y avait des affiches représentant des tableaux de peintres célèbres. Dans mon délire, je me croyais au musée du Louvre. Complètement hallucinée. Extrêmement excitée.

Pour me calmer, ce fut toute une histoire. En pleine nuit... On m'a transportée au deuxième étage, service fermé. Impossible de me coucher. Les infirmiers de nuit ont appelé leurs collègues. Pour m'attacher au lit, ils m'ont fait la fameuse piqûre aux fesses. On m'a dit plus tard qu'ils étaient huit.

Combien de désœuvrés, de déchirés sont là, enfermés. Je demande à une infirmière :

– Depuis combien de temps suis-je là ? Ma famille... Mon fils.

– Une semaine, me répond-elle.

Le monde s'écroule. Je veux à tout prix appeler mon fils. Vite !

– Vous devez avoir, me dit-on, l'autorisation de votre médecin.

– Et quand puis-je le voir ?

– La grande consultation a lieu demain.

Pas le droit de sortir. Pas de visites. Ni d'appels. Enfermement total.

Je craque.

À ce moment-là, je me sens seule au monde. L'âme en peine. Fautive, honteuse. Depuis toujours, je déteste demander l'autorisation. Me sentir encore plus petite fille...

Pourtant, dans ce couloir sombre et triste, je dois le dire, je me sens la moins barge. Je regarde les malades autour de moi, il y a des fracassés à vie.

Disjonctés à perpétuité.

Mais qu'est-ce que je fabrique là ? Je devrais pourtant être habituée, c'est la deuxième fois. Une rechute. Dans la folie.

Voilà un mot que je ne supportais pas avant. La folie. Le temps m'a enseigné quelque chose. Ou alors... avec le temps, j'ai appris à l'accepter. Le mot folie ne m'effraie plus.

À présent, je me tolère. Sans colère. Simplement, dans mon cas, je suis unique. Comme dit mon père : « On a cassé le moule à ta naissance. » Ah ! mon père. Quel voyage à lui tout seul ! Une encyclopédie entière avec ses pages cornées ou arrachées. Papa, pardon. Mille fois pardon pour mes absences répétées.

C'est comme si j'avais deux âmes : une rieuse et sereine, l'autre grise et tourmentée. Maintenant elles doivent apprendre à vivre ensemble. Mais mélanger deux opposés suppose un chemin difficile. Les accorder. Les unir pour ne faire qu'une couleur. Ou une musique. Indivisible. Insolite. Exceptionnelle.

À l'hôpital, il n'existe que trois endroits où je peux m'échapper dans ma tête (bien sûr). Allongée sur le lit, fixant le plafond. Derrière les barreaux, quand je donne à manger aux pigeons. Et je scribouille, même si les mots se brouillent sous ma dictée.

Écritures

Psychiatrie sauvage qui gronde
Dans mes veines ocre, mélange de rêves
Érotiques et névrotiques
Je crie ma haine noire aux enfants
Sales des rues

Je hurle au monde ma crasse
Faites venir les infirmiers...
J'ai tellement mal au ventre que j'aimerais extirper mes
[tripes,
En faire de la bouillie, vomir ma douleur, crier ma
[haine... putain !
J'aimerais tellement être dehors près de ceux que j'aime.
Et pourtant je suis là...
Il m'aura fallu deux aller-retour en H.P. pour
[comprendre.
Voir qui j'étais et ce que je voulais.
Le meilleur moyen de se sauver c'est de connaître son mal,
Sa maladie, son mal d'être et aller au plus profond de
[soi-même.

J'aimerais rentrer chez moi. Je n'en peux plus d'être enfermée. Je suis fatiguée de vivre si tristement. Je suis clouée au sol, le crâne ouvert, et je pleure... Je hurle en silence. Mon Dieu, j'ai si mal. Plus je regarde les photos qui représentent les miens et plus je pleure. Je n'arrive même pas à imaginer les moments délicieux. Je suis frustrée par l'absence des gens que j'aime, par les fous rires de mon fils et les yeux tendres de mon père... J'ai le ventre comme troué, les mots ne sortent pas, juste la douleur... aiguë et fidèle !

En 1998, je parviens à m'adresser à un homme imaginaire, celui que je reconnaîtrai un jour.

Le sourire de papa
Le rire de Milàn
La main de cet être que j'attends

Et qui viendra me délivrer
À toi je te livre mon âme
Forever

Cette main que je cherche depuis si longtemps, mon double, mon âme sœur... Sans doute me fallait-il un dernier voyage pour me rendre compte à quel point la vie peut être belle, m'accrocher à la manière d'un coquillage à cet amour si brut, si nouveau et en même temps si calme, comme si on se connaissait depuis toujours. Cela fait bientôt deux ans que je vis pour un être imaginaire, que je me suis mise à méditer, à connaître et aimer le taoïsme en sachant qu'il viendrait à moi, que je le reconnaîtrais : lui, le vrai et grand Amour. Et cette fois, je me lâche, j'y crois, je construis et on grandit ensemble. Dans mes veines ocre, mélange de rêves...

Je me dis que demain sera un autre jour, que ce sera un jour de moins, que j'aurai une visite... Ah ! les visites... Mon Dieu, cela me remplirait le cœur, surtout si c'était mon homme. Je le verrais arriver à vélo, essoufflé, très beau.

Il me dirait plus tard la difficulté pour lui de me retrouver si murée, terne, triste, les yeux dans le vague et pourtant si vivante dès qu'il apparaît, transi d'amour. Pour nous retrouver ensemble sur la même longueur d'onde.

Il viendrait me voir tous les jours... Je me sentirais comme ces femmes qui attendent leur homme à la fin de la guerre, le cœur oppressé, les jambes tremblantes, ne respirant que pour ce retour si attendu.

Mais le pire resterait à venir, quand il devrait partir, rien que d'écrire cette phrase et d'imaginer ces moments, j'ai les larmes aux yeux... Mon Dieu, je ne souhaite pas cela à mon pire ennemi. Les bruits des clefs, la porte qui se ferme, son visage derrière la vitre, un ultime regard, la porte de l'ascenseur qui se ferme et là...

Tout s'écroule.
Qu'une envie
Mourir.
En attendant...

Celui qui demandera ma main
Je lui donnerai mon âme
Rebelle et tendre
Mes griffes se transformeront en pétales de roses
Corps à corps, à l'aube de nos trésors
Amour si lourd, comme une ancre dans mon ventre
Je pose mes blessures là, à tes pieds,
Offrande, confiance.
Les mains vides par trop-plein d'amour
Je t'aime à en vivre
À crever si tu disparais.

Mes moments de tristesse sont heureusement éclairés par la présence de quelques amies, malades elles aussi. Si proches. Par respect, je remplacerai leurs prénoms par des noms de fleurs.

Avec le grand lys, médecin, très cultivée, que je considère comme ma grande sœur, nous écoutons toute la journée Danzara. Parfois dans l'attente de la consultation du médecin-chef, on devient fébriles, espérant ne rien oublier de ce qu'on a à lui dire.

Moi, je fais des listes : droit de visite, droit à un week-end de libre pour voir mon fils, droit de marcher dans le petit jardin, droit de se faire acheter le canard *(Libération* ou *Le Parisien).*

Pour pouvoir sortir d'ici, il faudrait que les médecins me sentent plus responsable. À l'unanimité. Qu'ils me trouvent assez forte pour réintégrer la vie normale. Et surtout que quelqu'un soit là pour me gérer et m'aider à redevenir grande. À muter simplement en adulte. Et être.

Scène II

En 1998, la crise se révèle moins violente qu'en 1987. Moins longue. La première a duré dix jours. Celle-ci deux.

En H.P., côté personnel soignant, on remarque un manque d'écoute et de structures pour parler. À part les entretiens avec l'aumônier, les internés sont livrés à eux-mêmes. Indubitablement, voici une des raisons pour lesquelles on compte autant de récidives. Trop de médicaments à haute dose et pas assez de psychothérapie.

Ici, notre rythme de vie se module sur l'absorption de la pharmacopée et sur le rituel médical. Comme du papier à musique. 7 h 30 : prise de sang, tension et pilules de jour. 8 heures : petit déjeuner. 9 heures : ouverture des douches. Midi : déjeuner et pilules. À partir de 14 heures : visites. À 18 heures : médicaments. 18 h 30 : dîner. 21 heures : médicaments du soir.

En H.P., on passe la journée à attendre qu'elle se passe. Dès le réveil !

Six heures du matin. Je me lève. Mon premier geste : allumer une cigarette. Encore deux heures avant le petit déjeuner, j'ai faim. C'est fou comme ces putains de médicaments peuvent vous ouvrir l'appétit. Pas le droit de fumer dans les chambres. Je me traîne jusqu'au fumoir. Sont déjà là les insomniaques, énervés, surexcités. Moi je sors de mon sommeil, je n'ai même pas pu rêver. Les médicaments vous empêchent de rêver. Cela fait trois mois que je n'ai pas rêvé. Même pas droit aux rêves.

Le mot « interdit » règne en psychiatrie. On demande l'autorisation pour tout. Même de rêver !

En tant que récidiviste, j'ai compris que c'était à moi de faire les demandes, pour téléphoner, avoir le droit aux visites, marcher un quart d'heure, obtenir les week-ends de permission.

Lorsqu'on subit un enfermement, se remémorer les bons moments ou certaines émotions aide à tenir. Comme je n'arrive pas à lire, je récite des poèmes, j'écris un peu, je ne parviens pas à me déchiffrer mais j'écris. La dernière fois j'ai écrit des lettres à toute la famille.

C'est fou le temps qu'on peut rester sans rien faire, sans rien penser, à rester inerte, apathique, assise, à attendre la visite, le médecin ou l'infirmière. Pourtant on aurait de quoi se distraire avec tous les sketches auxquels on assiste à longueur de journée... La vieille qui s'accroche aux barres du couloir en se croyant sur un bateau et qui hurle : « À tribord ! » L'autre qui vomit partout. Çà, il y a de l'animation.

Bienvenue chez nous !

Tous en pyjama. Surtout les premières semaines. Les très atteints n'ont même pas le courage de se vêtir. On arrive habillé. On nous enferme. On est attaché... La piqûre nous fait tomber. Assommés. Le lendemain, au réveil, on se déshabille, on se lave, on dépose ses effets au vestiaire, on se met en pyjama. En uniforme. Un mois ainsi. Entre lit et lavabo. Lit et lucarne. Humiliant.

Quand des visites se présentent, on a droit à des vêtements. Parfois même, ces visiteurs apportent un tee-shirt, un pull ou une robe. Le médecin ne dit pas si vous avez le droit à une visite ou celui de récupérer vos affaires au vestiaire. Chacun doit demander. La demande, c'est déjà, paraît-il (à juste titre), le début de la guérison.

Lors de cette dernière hospitalisation, suivie par un médecin généraliste que je vois une fois ou deux par semaine, accompagné par six ou huit assistants, je comprends vite. Malgré les interminables questionnaires du groupe qui demandent comment on est, comment on est venue et si on se souvient, au bout de deux jours, je suis habillée.

Mais le plus terrible, plus encore que l'internement, c'est le fait d'être surveillé, épié, analysé. Au moindre geste. Au moindre regard. Et même après. Principalement, dès qu'on commence à avoir le droit de sortir le week-end.

À propos de cette surveillance, le personnel soignant nous exhorte sans cesse à ne pas se montrer « parano ». Mais ils nous prennent pour des abrutis ! On nous surveille, un point c'est tout. Maintenant, que l'on soit envahi par des pensées négatives, c'est autre chose. Et là contre, il faut lutter.

Scène III

D'avoir à batailler contre un certain état d'esprit m'a permis de développer mon flair. Par la force des choses, je suis devenue encore plus intuitive par rapport aux gens. Tout ce chemin m'a menée à ce don. Avant, je ne le contrôlais pas, je ne le voyais pas. Maintenant, je fais confiance à mes prémonitions. J'arrive à discerner les êtres purs ou les mal intentionnés, je me trompe rarement. Je ne suis pas juge ni critique, mais ça me donne une clairvoyance du feu de Dieu...

C'est d'autant plus vif que ma curiosité par rapport aux gens, à leur vie, ne se contente pas de l'à-peu-près. Peut-être parce que j'aime bien écrire, ou bien deviner...

Je l'ai déjà dit : on vient souvent me parler dans la rue, on se confie, s'ouvre à moi. Autant je suis d'un mauvais secours pour mézigue, autant je dispense de bons conseils, des mots adéquats pour consoler et aider les autres. Quand je vois quelqu'un, j'arrive assez facilement à savoir ce qu'il pense, ce qui le tracasse, un flash ou une image surgit afin que je le comprenne et que je compatisse... Mais auparavant, préoccupée en priorité par mes tracas, en me détournant d'autrui, je ne me rendais pas compte de cette faculté, de cette sorte de lucidité. Désormais, j'ai envie de développer cette acuité, ce don qui me plaît.

En H.P., à Sainte-Anne, j'ai multiplié les rencontres dans la salle de jeux, la salle de récré, la salle de lecture ou celle où l'on faisait des puzzles.

Après je suis descendue au grand réfectoire et j'ai vu et découvert un nouvel enfer. En même temps, je respecte tellement l'humain que ça ne m'a pas déstabilisée. J'ai pris cela comme un voyage en quatrième classe. Si je suis là, me suis-je dit, c'est qu'il doit y avoir une raison.

J'ai vu l'humain à tous les âges de l'existence dans sa détresse. Ça allait des mômes suicidaires à des médecins, professeurs, drogués en tout genre – médicaments ou héroïne – ou à des victimes de ruptures sentimentales et de deuils. De vieilles dames, de vieux messieurs dépressifs souffrant à cause du bruit, des travaux des immeubles et aussi de l'alcool.

Parce que beaucoup moins atteinte qu'à ma première hospitalisation, je peux parler de tout et de chaque malade, de chaque patient.

En 1998, je croise plein de gens des cités. Des jeunes, des filles, des garçons, largués mais pas méchants, qui vont de foyer en foyer. Je me fais copine avec les mômes. Je les reconnais à leur manière de parler. Si vite ! On se retrouve au fumoir. Bizarrement, en psychiatrie, je fume deux paquets par jour. Pendant mes internements, je clope comme un pompier. Ça doit venir des médicaments. Et du fait d'être enfermée ! Dehors, mis à part mes périodes de déglingue, je m'abstiens.

De toute façon, quand on m'interne, je fume déjà. Pas une de temps en temps, comme je fais parfois dans la semaine, mais mon paquet entier. Pas des king size, non ! La cigarette du plombier. Et à chaque fois que je vais être internée, je retrouve mon petit paquet de brunes corsées. Signe d'une proche déjante, huit jours avant, je fume... Je ne dors pas, je sors, je clope. Maintenant je saurai reconnaître les prémices. De toute façon je ne prendrai plus de risques, c'est tellement dur de récidiver et de moisir claquemurée.

Zoom : entre fumoir et buvette

Avec Amina, fille de la cité, on fraternise. Elle passe son temps à la cafétéria. Pas toxico. Seulement déprimée. Violente aussi. Rebelle de plus belle, elle veut se battre sans arrêt.

Linda, une Antillaise de trente-cinq ans, mariée avec deux enfants, me raconte ses difficultés. En dépit d'une autorisation de sortir, elle ne bouge pas et ne quitte pas sa cellule, même avec son mari qui vient la voir tous les jours. Sa déprime l'annihile. Elle me marque. Je ne sais pas comment elle en est arrivée là. Je n'ose demander.

Son mari souhaite s'occuper d'elle à leur domicile mais elle est si malade qu'elle refuse. Murée. Sans drogue ni rien. Elle parle peu. Par désespoir, le mari qui ne comprend pas ses réactions discute avec moi. Comme pour taire son affolement face à elle.

Dans ma chambre, je sympathise avec une autre internée, d'un certain âge, la cinquantaine, psychiatre, à laquelle on fait des électrochocs. Elle m'explique qu'elle en est à son neuvième mois de Sainte-Anne. À cause d'un problème dans le Midi avec sa voiture tombée en panne. C'est ce qu'elle dit... Elle est allée dans un bar pour appeler sa fille, elle n'a même pas réussi à contacter une dépanneuse, les flics sont venus la chercher et elle s'est retrouvée là.

Pour une psychiatre de profession, disons-le, elle n'est pas calme ! Très, très speed. Bien illuminée dans le regard.

J'imagine. Le fait d'avoir sa voiture en panne, de ne pas avoir de portable, de ne pas arriver à joindre les bonnes personnes l'a sans doute fait disjoncter. Parfois il suffit de peu. Après, le problème consiste à sortir de là...

En H.P., on voit des horreurs, des gens qui se chient dessus et des disjonctés de première. Il y a beaucoup d'atteints. Des vieux, des jeunes, des chagrins d'amour ambulants, des alcoolos, des accros, des désespérés. Au bout d'un mois et demi d'internement, je parais la plus cadrée, la plus normale.

Mais dans les prochaines années, je le pense et l'affirme, de plus en plus de gens « normaux » vont aller en H.P. à cause de cette existence qu'on nous fait subir. C'est évident et prévisible.

La société se dégrade, les conditions de vie sont de plus en plus difficiles... Tout ce que j'ai vu là-bas en témoigne. Et pas seulement des toxicos, des alcooliques, des arriérés ou des mongoliens. Non. Les genres sont mélangés. Des messieurs bien aux mômes des cités. Tous témoignent d'une vraie et même brisure qui les jette dans le désarroi. Carrément à l'ouest.

Mais pour raconter et dépeindre la souffrance de cet enfermement, il faut aussi se pencher sur le rôle exact de la psychiatrie. Car en la matière, un énorme travail doit s'effectuer. On ne ressort vraiment pas indemne de là !

En priorité, à cause de certaines méthodes archaïques et inhumaines. Même si on a fait des progrès depuis quarante ans... Parce qu'on a abandonné la technique du jet d'eau froide, il est très clair, hélas, qu'on emploie toujours les électrochocs, ce lavage de cerveau si violent. Or, il faudrait savoir ce qu'on fait et pourquoi. Je ne suis pas sûre que ce soit une bonne chose !

Si j'avais les moyens... j'ouvrirais un hôpital psychiatrique différent. Avec plusieurs personnes pour parler et écouter chaque patient. Avec des ostéopathes qui enlèvent les blocages d'énergie, qui décoincent les vertèbres et des massages chinois qui rétablissent l'harmonie dans le corps.

On laisse trop les gens enfermés dans leurs médicaments. Moi, je m'en suis sortie parce que je me réveille très vite, que j'ai des proches qui viennent me voir régulièrement et que je parle aux infirmières, mes copines.

En elles, que je compare à des colombes blanches ou des tourterelles, je puise beaucoup de soutien. Mes préférées m'apportent les journaux.

Regarder ces femmes dans l'écoute, le don, le regard vrai – stable et normal – m'aide énormément, me guide. Communiquer avec elles me procure le seul moyen de ne pas devenir complètement barge. Je trouve asile dans leur guérite, leur bureau, leur cage en verre. À discuter avec elles jusqu'à minuit. À rire. À plaisanter. À raconter des blagues absurdes.

Parallèlement, ma belle-mère me donne le sentiment que je retrouve la réalité, elle me fait beaucoup de bien, son aide m'apporte énormément, surtout dans cette impression de revenir à la norme.

Encore une fois, il n'y a pas de mystère. Le meilleur moyen de s'en sortir se résume en trois mots : l'amour, le travail, une passion. Comme en 1987, en 1998, je ne revois pas le garçon qui a provoqué l'embrasement de mes sentiments... Je préfère me reposer sur les proches, les amis qui me montrent le sens des valeurs.

Grâce à Zazi, Laura, Lydie et Yves, je ne me sens plus seule... J'oublie l'H.P., les médicaments, l'enfermement et aussi le fait que l'on ne nous prépare absolument pas au sevrage, à la vie après la prison. Heureusement, arrimée à ma tribu de cœur, je poursuis mon rituel. Je vais à l'église. Au parc.

Finalement les toubibs me donnent une date de sortie. Pas pour le week-end. Non. Pour partir définitivement. En accord avec la famille. En étant suivie médicalement. Accompagnée. En vivant bien sûr avec quelqu'un. En voyant un psy. Un psy que je choisirai ou non, c'est selon.

Une comète sur l'épaule
Un soleil à la cheville gauche
Des hibiscus à la cheville arrière droite
Une lune dans le dos
Et un ohm au bas des reins pour me donner volonté et
[courage
Voici mes tatouages dessinés sur ma chair
Qui inscrivent un message, une conduite :
La trace de mon futur.

En 1987, j'ai surmonté la crise en retrouvant la foi. Un recueillement mystique. Cette fois-ci, je m'en sors parce que je m'intéresse aux autres. Dans leur regard, j'extrais la force de croire en moi. Et de redémarrer une nouvelle vie. Carrément.

Le destin est un bouquet d'espoir. Le ciel m'embrase et m'encourage à retrouver sa limpidité dans les yeux des autres, les inconnus, ces poètes des rues.

XVII

RENAISSANCE

Internée à l'été 1998 et de nouveau stabilisée à l'automne de la même année, je me suis cherchée pendant une année sabbatique avant que Jean-Claude Brialy ne me propose un rôle dans *Les Parents terribles*, une pièce de Jean Cocteau. Il souhaitait présenter ce spectacle en tournée pendant l'année 2000 puis dans le cadre du Festival de Ramatuelle qu'il avait créé dix-huit ans plus tôt en l'honneur de Gérard Philipe dans un théâtre de verdure niché au sein même du village.

Ce n'était pas anodin. Pour moi qui fonctionne à l'émotif, aux sentiments et aux signes prémonitoires, le destin me réservait un clin d'œil de taille.

En effet, en 1946, mon père a été l'interprète choisi par le poète en personne pour remplacer Jean Marais peu de temps après la création de ce chef-d'œuvre. Entouré de Gabrielle Dorziat et d'Yvonne de Bray, des monstres sacrés de l'après-guerre, papa apprit alors son rôle en huit jours sous l'œil attentif de Cocteau. Et lorsqu'on l'écoutait livrer ses souvenirs, on comprenait que nombre d'entre eux, et des plus forts, étaient liés à cette pièce.

Ainsi un jour, il m'a avoué avoir vécu sa « première douleur d'homme » pendant *Les Parents terribles*. Car c'est au cours d'une des ces représentations qu'il apprit le jour de Noël le décès de sa mère, Yvonne. Or dans la pièce, il existe une scène où le fils (mon père) pleure la disparition de sa mère prénommée elle-aussi Yvonne. C'était incroyable. Un hasard sinistre. Tous les soirs jusqu'à la dernière, ce fut pour lui un véritable dépassement de soi de dire son texte.

Gabrielle Dorziat devait le retenir et murmurer :

– Trop tard Michel !

Et pendant des mois, mon père a senti que sa partenaire butait sur les mots alors qu'il leur était impossible à tous deux d'échanger ne serait-ce qu'un regard tant la peine de mon père était à vif.

C'est aussi à ce moment-là que papa a commencé à se droguer. Mais il est toujours passé rapidement sur ce genre de détails. Il évoquait plus volontiers sa « première vraie aventure théâtrale » et son amitié pour Cocteau qui fut le premier, avec Danièle Delorme, à l'encourager à poursuivre la rédaction de ses poèmes et à les publier.

*
**

Cette pièce, pour moi, était une très belle histoire, un sublime présent concocté par Jean-Claude Brialy. Je travaille peu, c'est-à-dire moins que je le souhaiterais mais quand je travaille, c'est très fort. Aussi quand je jouais *Les Parents terribles*, du moment où

Geneviève Fontanel mourait, j'imaginais, je sentais papa, sa souffrance à jouer tous les soirs cette scène.

Autre fait étrange ! Pour la première, nous devions jouer à Angers, dans la ville où papa est né et dans le théâtre où papa a débuté... Comme papa souffrait déjà des jambes, il est venu me voir avec sa canne. Ma jeune sœur Laura l'accompagnait.

Elle m'a raconté. En fait papa n'a presque rien dit. Sous le choc de l'émotion, blanc comme un linge, il se raclait la gorge comme s'il devait lutter pour ne pas avoir la bouche sèche. Il attendait vraiment mon entrée en scène. En outre, cette entrée n'avait rien de facile parce que si on la loupe, on se plante à fond... J'arrivais alors que j'étais déjà en train de parler. En plein élan. Un extrait sur le vif !

Laura me l'a dit. Dès que je suis apparue, papa s'est mis à pleurer. Depuis neuf ans (neuf années d'absence), je n'avais pas joué et je revenais au théâtre avec une des pièces les plus chères à son cœur, dans le rôle de la jeune première, à Angers. C'était : bonjour les fantômes... Magnifique d'émotions ! Et comme un grand torrent d'amour entre nous ! Des souvenirs inoubliables...

Mon père est venu à chacune de mes premières.

Avec Brialy, que j'admire profondément, la tournée fut un enchantement. Je passais mon temps à l'écouter nous raconter ses histoires fabuleuses... Pour notre plus grand bonheur, on ne pouvait jamais l'arrêter. Entre Orangerie, contes orientaux, souvenirs de cinéma « Cinecitta » des années soixante jusqu'au *Ruisseau des singes*, ouvrage dans lequel J-CB nous ouvre les chemins de son parcours exceptionnel.

Cette tournée fut mémorable. Elle m'a permis de jouer avec de grandes pointures telles que Geneviève Fontanel ou Judith Magre.

Zoom

Un an plus tôt, je l'avais vue au théâtre du Rond-Point des Champs-Élysées, elle jouait Shirley. Sublimissime. Il m'a fallu dix minutes pour me lever de mon siège tellement j'étais subjuguée par la personne et l'actrice.

Plein de choses en commun... une chance : je suis une amie de Judith Magre. Une grande dame qui me fait penser à Barbara.

À Carpentras, tandis que nous nous produisions sur la scène du théâtre de verdure, Brialy m'a appris à jouer dehors malgré le mistral. Et à chaque instant, même en ne donnant qu'une dizaine de représentations, chaque soir dans une ville différente, guidée par cet homme de théâtre spirituel et affectueux, j'ai vraiment beaucoup appris. En un mois et demi, ce fut comme si j'avais suivi une formation de quatre ans. Quand une curieuse travaille avec ce genre de comédien, elle apprend en un temps record. Forcément !

Nous avons terminé cette tournée à Ramatuelle, où je rêvais de revenir. Quelques années auparavant, j'y étais allée pour voir Clémentine Célarié et trois nanas dans une comédie que mon parrain – Bernard

Murat – mettait en scène... L'endroit, mythique par lui-même, vibre encore de la présence de Gérard Philipe, qui y possédait une petite maison et qui repose dans le cimetière surplombant le village.

Jouer la dernière à Ramatuelle était donc un honneur mais je ne m'attendais pas à une pareille consécration. Ce soir-là, accompagné d'un monsieur que je ne connaissais pas, Brialy est monté sur scène pour présenter notre spectacle. Je n'avais pas encore rejoint les coulisses et je me tenais près d'Eddie Barclay, présent ce soir-là, quand ce conteur-né qui était mon metteur en scène m'annonça. Il se fendit même d'un petit laïus à mon intention. Au micro, l'inconnu lui avoua alors qu'il était le monsieur qui m'avait mise au monde. C'était joliment orchestré et fort touchant. Ça m'a marquée...

Maman était là aussi. Au-dessus de nos têtes, la voûte céleste brillait d'un plein d'étoiles. L'instant était magique. À chaque première, quand on commence, on est sur l'excitation, le qui-vive mais à chaque dernière, on tourne une page... C'est toujours un moment de bonheur un peu triste, empreint de nostalgie, un instant de joie délavée...

La première ressemble à un rouge orangé et la dernière baigne dans la même couleur mais avec du blanc qui vient effacer le flamboyant... Ramatuelle, c'était magnifique, j'avais l'impression de jouer en lévitation. Lors de cette dernière, le vent soufflait à fendre l'âme. C'était un nouveau défi pour faire porter sa voix. Mais jusqu'au bout, le bonheur de jouer ensemble nous permit de balayer tous les obstacles.

*
**

Au-delà de toutes ces satisfactions, je garde comme un bijou la joie d'avoir pu bénéficier de l'expérience de papa. Car mon cher père m'a fait travailler le rôle de Madeleine dans *Les Parents Terribles*. Il m'a toujours épaulée d'ailleurs mais en la circonstance, ses conseils me furent encore plus précieux.

Souvent il me donnait juste une phrase. Et il disait :

– C'est bien. Dès qu'on te dit un truc, tu arrives à le reproduire, à le refaire illico. Tu as une bonne écoute.

Ou encore :

– Tu vois, cette scène-là, quand tu vas te mettre à pleurer, tu n'as qu'à penser que Milàn, ton fils, est dans la pièce à côté... Donc pour toi, il représente quand même la personne à laquelle tu tiens pardessus tout. Imagine donc comment tu parlerais en sachant qu'il est dans la pièce à côté...

Une fois qu'il sentait que j'avais enregistré sa recommandation, il poursuivait, déjà intéressé par une autre nuance :

– Tu vois, cette petite phrase, il faut que tu l'abordes comme ça. Regarde la scène ! Tu dois pleurer, remercier cet homme qui t'a aidée et détournée du suicide...

Et petit à petit, sans me brusquer, en jouant de notre complicité, papa me faisait intégrer les ficelles du métier. Par exemple, il y a trois ans, je ne savais pas comment pleurer. Je n'y arrivais pas. À présent, je sais très bien le faire, et sans me fatiguer. En outre, je n'ai pas à aller chercher loin. Il me faut juste fouiller dans la palette des émotions. Dans la colère. Mais aussi dans la tendresse... Papa m'a toujours donné ces petites indications qui semblent insignifiantes mais qui en fait se révèlent capitales parce qu'il me connaissait bien. Il m'a aussi appris à lire les poèmes dont il se délectait.

Plus tard, papa a ajouté :

– Ça y est ! Tu es prête, c'est clair. Tu es une vraie comédienne !

– Je n'ai aucun mérite. Je prends un tel pied en travaillant...

– S'il en est ainsi... Achète *Ce fou de Platonov* de Tchekhov, le rôle de la femme est pile pour toi...

Un moment de silence, puis il constata :

– De toute façon, il se passe un truc quand on te voit sur scène. Au théâtre, tu peux tout faire. Des aristocrates douces, gentilles et un peu effacées aux vraies femmes de caractère, autoritaires, et dures ...

Un sourire. Un ange. Un baiser sur la joue.

– Il se passe un truc... répéta-t-il, quand on te voit.

Les commentaires de papa, je les ai toujours pris à cœur, c'était important... Avant, quand les professionnels du spectacle me complimentaient, je disais merci. Toujours timide. Presque gênée. Maintenant, le fait d'avoir enchaîné plusieurs pièces de théâtre avec des gens si différents et d'avoir travaillé avec le metteur en scène de la pièce argentine que j'ai interprétée en 2001, une femme formidable qui se bat pour donner à chacun de ses interprètes énormément d'énergie, me permet de revendiquer mes efforts.

Je commence seulement à m'approprier les compliments et à les accepter... *Idem* pour les critiques ou les remarques.

Avant les gens me lançaient : « Mais qu'est-ce que vous êtes maigre ! » Je répondais : « Oui, oui, je sais » et je le prenais mal...

Mais un jour, mon père est intervenu :

– Arrête de tendre un bâton pour te faire battre ou de prêter le flanc aux imbéciles. Quand on te dit que tu es maigre, au lieu de le prendre au tragique, tu fais : « Oui et j'en suis fière ! »

Bizarrement, les petites choses qu'on m'a transmises sur le métier ressurgissent en ce moment. Je les ai digérées. Intégrées. Ce n'est pas de la prétention, mais à la veille de la quarantaine, j'estime que j'ai le droit de revendiquer mes compétences professionnelles.

Autant à mes débuts, je me débrouillais seule, autant, plus tard, papa lisait chaque scénario, chaque pièce de théâtre que l'on me proposait. Il n'était jamais avare ni de son temps, ni de sa sagesse de patriarche.

Très souvent il soulignait les qualités requises pour bien faire notre métier.

– L'important pour un acteur, c'est avant tout la générosité. La noblesse de cœur. L'instinct, le premier instinct. Le travail. La disponibilité par rapport à tout ce qui t'entoure. Quand tu entres dans une pièce ou dans un rôle tu t'abstrais de tout le reste, sauf évidemment quand tu repars chez toi.

Et je me souviens toujours du plus bel éloge qu'il m'ait jamais adressé :

– Toi, on voudrait te faire parler faux, on n'y arriverait pas.

*
**

En 2001, j'ai joué dans *L'Année du bac*, de José André Lacour mis en scène par Peter Muller, puis immédiatement après Susana Lastreto m'a engagée pour interpréter sa pièce *Cet infini jardin*.

Si dans ce chapitre, je mets plus l'accent sur ce nouveau départ professionnel que sur mes états d'âme, c'est que les planches m'ont permis de sortir de moi-même et de mes préoccupations. Avant Susana Lastreto, je n'avais jamais travaillé de la sorte. Ce metteur en scène, cette femme très dure, m'a apporté énormément. La persévérance, l'exigence auxquelles elle soumet ses acteurs sont extrêmement bénéfiques. Ce genre de travail me correspond bien parce qu'il repose beaucoup sur l'impro. Lorsque nous n'arrivons pas à donner ce qu'elle attend, elle nous pousse dans nos retranchements. Elle essaie de nous faire exprimer l'indicible.

Lors d'une répétition, elle m'a dit :

– Pense à ton jardin d'enfance...

Et soudain, j'ai vu celui de L'Hermeline, dans la grande maison de campagne de papa et maman, avant qu'on ne parte pour l'île de Ré. Mes souvenirs dans le jardin. Mes jeux là-bas. C'était formidable de l'évoquer. Quand je ramassais les carottes que je lavais sous le robinet. Les poires, le lilas de papa. Là où on enterrait les chats.

Lors de nos séances de training, on faisait aussi des diagonales. Il fallait simuler la colère, l'ivresse, la gentillesse, la passion... Dans un temps très court, c'est un bon exercice... Simultanément, Susana me faisait jouer une scène où je devais gueuler et elle me demandait d'imiter un tigre...

– Tu es un tigre, m'ordonnait-elle, joue-le !

Au début, je ne connaissais personne alors que toute l'équipe avait déjà joué et rejoué la pièce. Il me fallait deux vodkas pour surmonter mon appréhension et affronter cette complicité tacite qui existait entre tous.

Petit à petit, je me suis sentie plus à l'aise. Susana m'a alors remerciée pour mon courage et ma générosité. Elle disait que malgré mon trac, j'étais allée jusqu'au bout. Pour le plus grand plaisir et le contentement de tous.

Le travail effectué avec Susana sur *Cet infini jardin* m'a propulsée et m'a fait évoluer. Pour donner, on doit oublier tout ce qu'il y a autour. Le bon comme le moins bon. On doit tout abandonner. Surtout les obsessions et les tourments égocentriques. Pour se fondre dans le présent. Pour « être ». Là. Tout de suite ! Sans technique particulière...

De ce fait, dans mon existence, dans mon métier, j'ai senti une percée, une avancée. Le travail me préserve des tentations de l'oisiveté. Le zèle occupe mon esprit et m'empêche de gamberger ou de cafarder. Les projets me poussent à aller de l'avant. À mettre en pratique mes desseins positifs. À me cadrer. Depuis ce moment, depuis ces dernières prestations théâtrales, je fais beaucoup de lectures.

Sur l'une d'elles, l'auteur a appelé Anouche (ma copine d'enfance, devenue comédienne et metteur en scène, dont j'ai déjà parlé) en lui disant :

– Mais tu l'as fait travailler ?

– Pas du tout. Elle l'a lue une seule fois en Corse.

– Je ne savais pas, a-t-il alors remarqué, que c'était une si bonne comédienne...

Du fait même du théâtre et de mon besoin pressant de travailler, je ne serai plus jamais inscrite au chômage. Hormis les mirobolants et inévitables plans d'avenir, je dis inévitables, car ce métier est par définition une exploitation foisonnante de projets grandioses sans lesquels il n'existerait pas, j'ai désormais la conviction de pouvoir exercer mes talents sans discontinuité. Si je décroche de bons contrats, j'en serai ravie. Mais si cela tarde, en sérieux artisan des planches, je monterai moi-même, ou en faisant appel à des jeunes auteurs ou metteurs en scène, des projets de théâtre plus modestes. Par exemple, un spectacle de poèmes de papa. Ou un one-woman show... J'aime travailler. Jouer au théâtre. Je suis restée si longtemps inactive que je ne supporte plus de retomber en jachère.

À quarante ans, je dévore une nouvelle vie avec toujours la passion des planches et du septième art. Mon Dieu ! Comme il me manque le cinéma ! Quand je vois un tournage, j'ai le cœur malade, et un trou énorme dans le ventre...

L'odeur des câbles, les projos, l'équipe, la cantine.... Qu'est-ce que je donnerais pour tourner ! Il y en a quelques-uns que j'adore, Blier, Balasko, Leconte, Garcia avec qui j'aimerais travailler, juste une scène à défendre.

Mais je n'ai pas dit mon dernier mot !

Heureusement le théâtre m'aime et me le rend bien. Sans lui... je ne sais pas, effilochement certain.

Présentement, mon approche se différencie du temps de ma célébrité. C'est moi actuellement qui téléphone pour obtenir des rendez-vous et dire :

– Je veux travailler. Regardez, écoutez, j'ai ma place.

Les personnes rencontrées le reconnaissent : j'ai changé. Elles expriment du respect, de l'émotion et me considèrent mieux.

Avant, du temps de mes débuts, quand je parlais avec certaines personnes, elles étaient atterrées. Par mon côté carrément trop à l'ouest. Paumé. J'avais un vrai travail de fond à effectuer pour faire oublier ma réputation de fille facile et sulfureuse.

L'absence, cet exil volontaire ou forcé, a servi ce but et gommé des ambiguïtés tendancieuses. Pour continuer dans ce métier, il faut durer malgré le silence. Papa et bien d'autres ont connu cette éclipse. Ce fut un choix de sa part, de s'arrêter et de reprendre plus tard. Pour moi, ce ne fut pas prémédité. On ne m'a plus rien proposé. Rien de rien.

Malgré le R.M.I., la misère et la quarantaine, j'ai survécu. Je ne comparerai pas le manque d'argent à des réjouissances et à une histoire « géniale » mais cette situation particulière m'a recadrée en me soulignant les véritables nécessités.

Quand on réussit à sortir indemne ou à peu près entier d'H.P., on voit la vie autrement. On définit différemment ses priorités.

Après *Les Parents terribles*, *L'Année du bac* et *Cet infini jardin,* je me battrai coûte que coûte. Telle est ma démarche. Mon métier représente pour moi une vraie passion. Surtout quand on est convié, comme ce fut le cas dernièrement, à faire des choses enrichissantes pour l'âme. Quitter le métier et Paris sans avoir essayé de conquérir ma place m'ennuierait profondément. C'est la première fois que je me bats. Pour m'imposer. Non seulement en tant qu'artiste et comédienne mais en tant que femme. Et pour rester ce que je suis.

Après avoir pas mal fréquenté le monde du théâtre et celui du cinéma, j'avoue aimer autant l'un que l'autre. Le monde du théâtre me paraît plus vrai. Mais quand on tourne, il existe une osmose et une réelle entente dans une équipe. Une osmose éphémère...

Au cinéma, sur un tournage, on s'adore, on s'embrasse, on ne se quitte pas pendant deux mois, on pense souvent revoir les partenaires, mais il n'en est rien. Lorsque cela se produit, cela relève de l'exceptionnel. Les vrais copains sur la longueur et la constance, c'est rare. Au début d'une carrière, cela déroute. Ensuite, on fait comme les autres. On se résigne. Mais on est content quand on passe la barre du momentané et que l'on entretient une amitié durable. Heureusement, j'en ai eu. Peu. Mais de très belles et de sincères.

Au théâtre, on est tous sur la corde raide, prêts à jouer sans filet, unis, à l'écoute pour mieux se donner. Sans avoir le droit à l'erreur, on va directement à l'essentiel.

Au cinéma, même lors des répètes, chacun est un peu égocentrique et on se dit : « Ça va être un gros plan, je vais être filmé comme ça... » C'est plus narcissique. Le physique prend le dessus pour certaines.

Au théâtre, on a tendance à oublier son rouge à lèvres. On se tient tous la main, en union chacun dans la prière... Comme les chanteurs avec leur équipe avant d'entrer sur scène. Ça, on ne le verra jamais au cinéma. Ou rarement.

Chaque jour, on fait évoluer son personnage en le jouant un peu différemment. Si on est en colère, on peut insister sur ce sentiment. En s'amusant de ses états d'âme, le rôle grandit en soi.

Je n'ai pas fait de cinéma depuis longtemps. Mais, si par hasard, je suis engagée sur un film même deux jours, l'expérience acquise sur scène me permettra de gérer mon trac et m'apportera l'aisance, le confort indispensables pour assurer.

Quand les gens travaillent avec moi, ils sont toujours étonnés par ma spontanéité, ma candeur, ma simplicité et mon attachement pour les gens qu'on appelle le peuple d'en bas.

Après ces si longues années où je me suis montrée tellement superficielle et influencée par n'importe quoi, je vais à l'essentiel, en privilégiant les contacts d'âme à âme.

Cette superficialité se manifestait surtout dans certains réflexes, le besoin constant de m'acheter des fringues, par exemple. Paradoxalement, en dépit d'une nette tendance à me détruire, d'une négligence affichée et du peu de soins que je m'octroyais, je croyais que le physique était important.

Avec les premières rides, au contraire, j'ai choisi de m'exposer. De travailler sur l'authenticité, la sincérité. Il ne faut pas que je me disperse. Bizarrement, les rides de mes yeux qui me choquaient beaucoup, depuis la maladie de papa et la rédaction de ce livre, me paraissent désormais dérisoires. À un certain âge, le vrai moi, la vraie beauté, c'est l'éclat du regard, le sourire. L'émotion naît de là.

C'est sûrement prétentieux, mais j'avoue volontiers me suffire à moi-même. En tout cas, la famille de cœur que je me suis constituée pourvoit à mon idéal d'amour. Je n'ai plus besoin de voir ailleurs ou d'aller plus loin. Me voici arrivée à bon port. Chez moi. Dans l'univers où je me sens bien. Je vois les gens qui sont de la même planète poétique que moi et j'aime y rester... Pour savourer l'instant.

*
**

Depuis deux ans, j'ai une vie affective stable : j'ai rencontré Ubaldo. À une soirée organisée par des amis communs. On ne s'est pas parlé. On a juste échangé un regard.

Deux semaines plus tard on s'est retrouvés à une soirée aux Bains Douches. O.K. On s'est revus le lendemain. On a alors dormi ensemble. Le matin, je partais une semaine pour le Burkina-Faso. Quand je suis rentrée chez moi huit jours plus tard vers 7 heures du mat', il m'attendait au bas de mon immeuble. Et on ne s'est plus quittés.

Cependant, j'ai failli hésiter. Par peur. Comment savoir si c'est le grand amour ? Après toutes ces claques, ces histoires non terminées, alors que j'avais décidé de rester seule, définitivement, cela m'était tombé dessus ! Là, je l'ai senti, simplement, comme une évidence. C'était si clair ! D'emblée, comme si je possédais mon C.V. en poche, j'ai expliqué mon passé, ce que je voyais de l'avenir...

Je n'avais qu'à le regarder.

Encore un ange, tombé du ciel ! Un gentil, un vrai. Il n'y a pas plus difficile que de réussir une histoire d'amour. La vivre pleinement, en confiance, se sentir libre tout en se livrant à quelqu'un, complètement. Avec Ubaldo, j'ai saisi la chance.

Vivre avec cet homme m'élève. Cet homme que j'aime me respecte. Il accepte ce que je suis. Et réciproquement. On dialogue énormément ensemble. On dit que les femmes font les hommes, mais le contraire peut être vrai. Liée à quelqu'un de droit comme ce garçon, je ne fais pas de coups tordus... Tous les deux, on repart de zéro. Superbe enfant solitaire d'une grande pureté, Ubaldo m'aide à me construire dans une vie équilibrée.

Avant, il gagnait énormément d'argent comme mannequin mais avec sa compagne et leur fille de huit ans, il a eu un accident de voiture où ils ont frôlé le drame. Il s'est mis à méditer. À faire du yoga... À lire *Le Livre tibétain de la vie et de la mort*. Sa vie s'est transformée. Il a repris sa liberté et on s'est trouvés. Nous espérons poursuivre notre croissance ensemble.

Cependant, au bout de presque deux ans, le temps des concessions arrive. Tout se cultive : la liberté de chacun, la confiance à préserver, la belle-famille à apprivoiser, et puis surtout grandir et mûrir ensemble. Ubaldo est tellement pur que cela m'a obligée à l'être et je m'aperçois que j'en avais besoin. Même si je sens mon karma bien entamé, mes angoisses encore souvent présentes, il les contrôle, les accepte. Malgré mon passé difficile, il croit en moi. À part mes frères, personne ne l'a jamais fait. Et ça, ça se respecte.

D'un regard, on s'est connus
On s'est parlé plus tard, comme si on se connaissait
[depuis des lustres
Nos enfants nés à la même date, le même jour.
Jolie coïncidence
L'Italie, la cuisine, le bon vin rouge
La danse, la famille et surtout le spirituel,
Tout nous rapprochait
On avait de la tendresse à revendre.
Ubaldo
Tu me temporises, tu me fais rire
Je me sens libre tout en n'étant qu'à toi
Je te fais grandir, je crois en toi,
Et tu me l'accordes tout autant.
Nous avons les mêmes rêves...
Dans une chambre d'hôtes à la mer,
Sauvages
Tranquilles avec des gens simples, vrais
Authentiques,
Notre famille de cœur s'agrandit
Nos forces ensemble
Pour la vie... je t'aime.

XVIII

INTÉRIEUR LUMIÈRE

En conclusion, que pourrais-je dire ? Sinon que chaque internement m'a fait avancer. Et progresser. Le premier fut le plus violent car j'ai dû tout réapprendre, même réécrire mon nom. Le second m'a permis de mieux comprendre. Le sens de la vie, la valeur des choses, mon être intérieur. Pour surtout ne pas blesser, ne plus faire souffrir les gens que j'aime, à commencer par moi-même. Ma route n'était pas la bonne. Je devais continuer seule.

Pendant ces moments de repli sur soi, j'ai analysé mes erreurs. J'ai découvert l'importance de se respecter. Car il faut déjà se respecter soi-même avant de respecter les autres et inspirer de la considération. C'est pour cette raison que les gens me traitaient mal, parce que je me jugeais comme une moins que rien. Il faut avoir confiance. En soi et dans les autres. Or dès que j'ai commencé à séduire, je ne me suis pas respectée.

La séduction est un piège. Un miroir. Une illusion. On croit exister dans les yeux des autres mais en réalité, on s'y noie le plus souvent. Éblouir, charmer, enjôler, captiver, plaire, fasciner correspondent à autant de rires, d'attitudes et d'œillades qui devraient rassurer ceux ou celles qui les provoquent mais il n'en est rien. Ce genre de jeux ressemble étrangement à de la compulsion, une autre forme d'addiction. Plus on reçoit d'hommages, plus on en désire encore et toujours.

Cet enfermement, je me le suis créé, mine de rien, lors de ma vie de jeune femme, à vingt ans, en prenant de la drogue. Par peur d'affronter le quotidien, le regard de l'autre et d'être moi-même, je me suis enfermée plus solidement que si j'avais été attachée. Mon attitude, mes réactions ont spolié mes chances de prospérer dans le métier comme il m'était donné de le faire.

Ma thérapie m'a aidée. Au cours de séances de psychothérapie, à raison d'une fois par mois pendant deux ans, j'ai regagné ma propre estime. Mon médecin m'a enseigné l'art de me déculpabiliser et le désir de me moduler. Malgré toutes mes frasques, je valais le coup ! Grâce à l'amour et au chemin spirituel qui est le mien, je m'en sors. Plus forte et plus mûre.

Certains événements, certains facteurs cependant furent déterminants.

Un jour, Lydie, ma belle-mère me dit : « Si tu as envie de mourir, tu peux ! C'est ton choix. Mais ça nous fera beaucoup de peine. »

Cette petite phrase, dite sans insister, fut le déclic. La première fusée éclairante. Pour m'inciter à me réveiller. À réagir. Et choisir une autre voie que celle de la destruction dans laquelle je m'embourbais.

Survint ensuite le décès de mon frère aîné, un cataclysme que j'aurais aimé ne jamais voir arriver. Mais hélas...

... Le 2 juillet 1999, Xavier, Zazi, s'en est allé. À la suite d'un cancer. En partant, il m'a donné de sa force, de sa grandeur d'âme, de la construction de son être, un peu comme s'il souhaitait que j'en prenne de la graine ...

Que je saisisse !

Seuls la simplicité, l'honnêteté et l'amour absolu aident à vivre « normalement » dans cette société en déliquescence.

Chez tout artiste, il y a une souffrance ; la vie ne devient possible que lorsqu'on l'apprivoise... L'absence, le manque de Zazi me rappelle sans cesse mes engagements de vie. Je ne peux oublier. Vigilance exige ! Sans dispersion. Je dois vivre et exister dans la dignité pour qu'il soit fier de moi, pour que son départ ait au moins permis cela. Et que ce nouvel envol soit pour moi une façon de le remercier dans l'au-delà.

Quant aux internements, avec le recul, il semble qu'ils ont fait partie de mon chemin spirituel. Et de ma prise de conscience. J'ai certainement dû passer par là pour être ce que je suis maintenant, vraiment, dans toute mon authenticité. Je ne le souhaite à personne. Mais on n'y peut rien. C'était cette voie-là ! Et pas une autre.

En revanche, ce que je sais aussi et je l'affirme sans

concessions : je ne veux pas y retourner... Jamais ! Il fait trop bon dehors dans les bras de ceux qu'on aime ! La vie n'est pas seulement un don ou un magnifique cadeau mais surtout un échange. Que Dieu fasse que je redonne ce que j'ai reçu. Qu'à ma façon, je puisse aussi aider par un sourire ou dans une prière ceux qui n'ont pas encore trouvé en eux cette lumière et cette paix intérieures.

Me voici devenue Fiona faite femme. Féminine, toujours amoureuse. Libérée mais pas émancipée. Annexée à l'amour et aux sentiments comme en religion. Princesse aux petits pois qui ne prend plus la vie comme un poids. Au fond de moi se niche cette faculté de sentir le grain de sable qui refuse les parois lisses de la norme et des règles en usage. Petit pois de vigilance.

Encore enfant, au regard crédule et naïf.

Insoumise à la stupidité.

Sexe symbole, *bimbo* malgré elle. Aventurière des nuits de pleine lune. Féline de nature. Animale de gouttière. Offerte aux fantasmes de ses contemporains. Ou encore chien perdu sans collier en quête d'affection et de protection. En attendant de transformer l'adolescente fauve en félidé sage et câlin, j'apprivoise les hasards et les opportunités pour honorer ma chance.

Image. Aujourd'hui plus aucune femme ne regarde dans son miroir pour vérifier si elle est la plus belle. En revanche, elle se lorgne sans cesse pour observer si elle colle bien à son image. Image. Décalcomanie. Elle se plaque un aspect sur le visage. Elle privilégie la mine extérieure, souvent en défaveur de sa beauté intérieure. Pour mieux paraître. Déjà glacée avant même de l'être sur le papier d'un cliché.

S'inscrivent en mon âme, marquée au fer rouge de la souffrance, un passé difficile comme une bibliothèque trop lourde sur les épaules, une difficulté de vivre le quotidien et le tourment d'escalader les montagnes russes, de franchir les hauts et les bas, de jouer des bipolarités. Différences d'altitude. D'attitude. Humeurs. Tempérances. Et personnalités.

Mais qu'est-ce la maturité, si ce n'est la faculté de dépasser la fascination de la folie ? De l'exemplarité. Du décalage. Et de connaître sa maladie pour mieux la gérer comme n'importe quelle faiblesse.

Au bout de l'errance, au cœur de l'enfer, il existe des issues. Il suffit d'une brèche. D'une étincelle. D'un geste d'amour.

MERCIS !

Saint-Tropez. 2002.

Le livre se termine. En relisant les chapitres les uns à la suite des autres, les souvenirs surgissent. Encore. Comme si je n'en avais jamais fini... Mais je dois conclure. Cela fait longtemps que je ne suis pas revenue dans la maison de Marie-Dominique Girodet, marraine de mon fils Milàn, et de son mari, Claude Zidi. Là le plaisir de revoir Simon Mickaël, Annabelle, Béa, Christiane et tous les autres du clan Zidi me stimule pour ces dernières pages.

Comme déjà dit, je n'ai pas trop de souvenirs de moi petite. Mais on m'a raconté. Le Sud des années soixante. Papa m'emmenait au Club 55 dans un couffin. Ailleurs, on me lançait des pralines sur le nombril. Je jouais souvent avec les grands. On me retrouvait assise sur les genoux de Roger Vadim. Nous allions aussi à la Colombe d'or, la maison de Simenon et de Mylène (Demongeot), c'est là que plus tard, à treize ans, j'ai rencontré le père de mon fils, alors inséparable des frères Malit.

Mais pour moi, l'atmosphère tropézienne est à jamais empreinte du souvenir de cet été 1987 lors de ma sortie de l'H.P. de Vaucluse avec Zazi. Mon frère m'a donné le goût des marchés, où plutôt comme lui, j'adore y aller. Ça grouille. La couleur des étalages, la joie de vivre des commerçants. Et je ne revois jamais un étal sans penser à lui. Avec les souvenirs, viennent aussi quelques notes...

Musique !

Un juke-box se met en marche dans ma tête. Les refrains se succèdent et me font dégringoler la marche du temps.

Petite, j'étais bercée par *La mémoire qui flanche* de Jeanne Moreau et les chansons de Barbara et Reggiani. Serge murmurait alors : « *C'est moi, c'est l'Italien, je reviens de si loin, est-ce qu'il y a quelqu'un...* » comme s'il me confiait là un signe prémonitoire de mon histoire avec Ubaldo...

À douze ans, pour mézigue gamine, n'existait que *Porque te vas*, le thème du film *Cria Cuervos* de Carlos Saura, puis *Ti amo*.

Un an plus tard, ne comptaient que France Gall et son *Si maman si...* et *Musique*. Ensuite, j'ai découvert Véronique Sanson et son *Vancouver* puis grâce à mon frère Manuel, Polnareff, Balavoine et Berger. Merci donc aussi à Manuel pour m'avoir donné goût à l'univers musical. Lui-même jouait du piano comme un dieu. Il composait des mélodies de folie... J'attends avec impatience qu'il se remette à travailler avec son compagnon de route Patrick Dupont (pas le danseur mais le musicien, bassiste pendant un temps de Michel Jonasz et William Sheller). Ma chanson préférée de Jonasz se trouve dans l'album *L'Homme orange* et évoque une terrasse de café et certains yeux lilas...

Enceinte, j'écoutais en boucle *Là-bas* de Jean-Jacques Goldman.

Souvenirs dispersés !

FR3. Émission de Pierre Billon, petit perfecto rouge, je chante en direct *Ma préférence* de Julien Clerc, un ami que j'ai croisé fidèlement le long de ces années et dont la chanson s'inscrit en moi comme le leitmotiv de mon âme.

Années quatre-vingt-dix. Je rencontre Véronique Sanson. Nous passons de super soirées ensemble. J'étais fan d'elle petite. *Bis*. J'écoutais tous ses succès. J'écoute toujours ses disques en boucle. Je l'adore.

J'entends aussi l'humour de Muriel Robin, une amie de cœur. Je ne la connais pas bien mais on s'apprécie. Pour moi, c'est la plus grande des show women. Une grande tout simplement. Une dame de rire et de générosité.

Dans le même registre, le même don de soi, Marc Lavoine m'a fait grande impression. On a fait connaissance, il y a un bail, lors du tournage de *Frankenstein 90*. À la suite d'un de ses concerts à La Cigale, à Montmartre, puis on s'est revus. J'adore ses albums. C'est un poète. Un authentique. Aussi vrai dans ses mots que dans ses actes. Il s'occupe aussi d'un journal pour autistes : *Le Papotin*.

Par un curieux concours de circonstances tout à fait fortuites, je suis entrée en contact avec Béatrice Lavalette, présidente de l'APRAHM (une association qui permet aux enfants autistes de cultiver leur créativité, en les initiant à la musique, à la poésie et autres disciplines artistiques...) et c'est ainsi que, sans nullement passer par les sentiers battus du show-biz, j'ai partagé avec Marc Lavoine ses activités secrètes en participant moi aussi à l'animation de cette association...

À présent, question musique, j'écoute surtout Zazie et sa *Zizanie*, toujours la légendaire Sanson, puis en raison de mon âme d'enfant, Ophélie Winter. En fait, j'adore aussi le rap : en 1998, j'ai pris une claque avec N.T.M. et leur *Laisse traîner ton fils*. De là vient l'amour de mon fils pour le rap...

Enfin, plus récemment, l'album de Yannick Noah et sa *Couleur d'ébène* m'aident à chasser occasionnellement ma tristesse et mes idées noires.

Bien sûr, dans ce tour de piste panoramique, je ne peux terminer mon hit-parade sans nommer Renaud. Pour son *Mistral gagnant*. À la différence près que maintenant les larmes scintillent quand je l'entends par hasard... Ah ! Renaud ! Je l'ai toujours aimé d'amitié. Je me suis toujours sentie de sa planète, ou lui de la mienne. Chez Castel. Endroit mythique de la fête. Époque de papa. Rencontre. Ça fait quelque chose de voir et d'entendre un homme qui ose dire que sa femme est partie ; que sans elle, il n'est rien. Belle discussion, il était avec le metteur en scène de son prochain film. Renaud, c'est ma roulotte, les autres sont partis, il fait partie de ma famille de cœur. C'est un grand ! Il y a des poseurs de bombes... Lui c'est un messager de mots. Explosifs en tous genres. Des idées en pagaille. Et il ne faut pas se gourer, ce sont les bonnes.

Merci aussi à Jane B.

Merci à vous tous. Merci pour ces airs qui éclairèrent mes années d'errance et qui me servent aujourd'hui de points de repère.

Merci.

À mes absents

Quand je trinque je pense à vous
Mes absents de toujours
À la belle Romy qui me donna l'envie de me fondre dans
[ce métier
Au tendre Coluche, qui nous manque
Tellement dans ce monde à l'envers
À Balavoine qui a bercé mon enfance
À Berger, dans ces mots, je me blottis encore...
À la grande Barbara, longue tige d'or
Pas un moment fort, sans elle...
À Gainsbourg, pour son génie et sa simplicité d'être
Brassens, qui m'a fait aimer l'école
Brel, sans commentaire
Il reste Ferré, mes amies mortes d'avoir trop aimé
Et l'erroné, mon frère, mon corridor...
À tous je lève mon verre. Au Zinc.
Aux habitués des bars. Aux clochards poétiques...

Santé ! À mes absents !

Et merci à mes présents

À Jean-Claude Brialy, à Susana Lastreto, à José André Lacour, Peter Muller de m'avoir fait confiance.

À Anouche encore et toujours. À Manuel et Laura.

À Albertine Gentou. Pour cette collaboration qui fut une vraie osmose. Merci à toi, Albertine, merci à ton âme de s'être emmêlée à la mienne. Merci de m'avoir aidée à tourner cette page.

À Laurence Delesti. Ma grande sœur ! de cœur... Quand je l'ai connue, j'avais vingt ans. Elle est là. Dure... souvent, parfois, mais toujours vraie. Je l'adore : c'est comme une frangine. Mes faiblesses... elle les apprend plus tard... ! La meilleure dentiste de Paris bien sûr !

À Géraldine Danon, la divette du moulin, femme à bras de fer. Tendre sous la roche. Caméléon. Restauratrice, actrice, productrice, grande amie. Ma sœur d'armes et de guerre. De difficultés en difficultés, nous nous sommes relevées. Géraldine, la papesse de Montmartre.

À Jean-Maurice et Patrice pour leur Festival de la littérature et du vin à Saumur...

Merci à la ville de Biarritz qui saura pourquoi.

Merci à l'Afrique et autres continents.

À mes frères de guerre
Mes frangins de cœur
Mes frères de route
Frères de sang
Frères de couleur
Blancs, Jaunes, Noirs
On ira tous par le même chemin
Tous ensemble, main dans la main.

Merci à mes plus que présents

Maman, bien sûr. Mais aussi Milàn. La plus belle chose qui me soit arrivée dans ma vie. Milàn, petit bout, un peu de ma vie, mon ange, mon petit homme, mon fils. Mon Dieu ! Comme j'en suis fière ! Même quand nous sommes séparés, même du bout du monde, tu me parles... Grâce à toi, j'en suis arrivée à aimer la vie. Des millions et des millions de pardons pour cette souffrance que je t'ai fait subir. Dieu merci tu m'as pardonné. Et quand je t'entends rire, je me dis vraiment qu'être maman est la plus belle chose au monde. Maintenant avec mon expérience de l'errance, je sais que je vais pouvoir t'accompagner le long de ta croissance.

Merci encore à mes frangins

Vous qui m'avez presque éduquée
Les frangins
Cœur ensemble, cœur à vie
À toi, mon Zaz qui me manque
À chaque odeur de marché, mon Zaz
Qui m'a portée, gérée
Si tu savais comme maintenant j'ai grandi
Je t'aime.
J'aurais tant voulu que tu connaisses Ubaldo
Vous vous seriez si bien entendus
Fous de cuisine tous les deux
Mangeurs de truffes
Est-ce toi qui me l'a envoyé ?
J'aime croire à cette idée...

Merci à Lydie et à Papa

Boîte à souvenirs éparpillés
Poèmes enracinés
Mon chêne à moi
Dans mon ange-jardin
Papa, je t'aime...

Je remercie les énergies « de là-haut », de m'avoir donné le déclic et le courage de rédiger ce bouquin. Je remercie encore Zazi de m'avoir inspirée. Merci à tous les poètes. Merci à ceux de mon devenir.

On dira sans doute : « Aucune pudeur d'écrire sa vie à quarante piges ! » Mais ce livre, c'est pour mon frangin disparu, l'aîné, pour mon fils (plus tard), et pour exprimer aussi à l'homme que je viens d'épouser cet automne 2002 que, sans lui, je n'aurais pas eu le cran, je n'aurais pas su oser. Car la main que j'attendais depuis toujours, il me l'a tendue. Sans hésiter. Je reconnais avoir eu cette chance. À toi Ubaldo aussi, merci. Je t'aime.

Ce livre, qui me permet de tourner enfin la page, je le dédie à mon fils Milàn, à mon frère Zazi, disparu, et à tous les compagnons de l'infortune... La honte, on peut la combattre en évoluant, en changeant de route. À vous tous donc, bohémiens (ils se reconnaîtront) et désœuvrés de la vie... Afin de toujours garder l'espoir !

TABLE DES MATIÈRES

Direction littéraire
Huguette Maure
assistée de
Marie Dreyfuss
et
Maggy Noël

Crédits photographiques

Collection privée de l'auteur : pp. 1, 2 (bas), 3 (haut et bas), 4 (haut), 5 (haut et bas), 6 (haut), 7 (haut et bas), 8 (bas), 9 (haut et bas), 10.
Claire Besse : p. 6 (bas).
Beneich, Alamo/Corbis Sygma : pp. 8 (haut), 12.
Cédric Eibeinder/Angeli : p. 11 (haut).
Olivier Borde, Cédric Eibeinder/Angeli : p. 11 (centre).
F. Pages/Kipa : p. 11 (centre).
Alamo : p. 11 (bas).
D.R. : pp. 2 (haut), 4 (bas).

Composition PCA
44400 – Rezé

Impression réalisée sur CAMERON par

BRODARD & TAUPIN
GROUPE CPI
La Flèche

pour le compte des Éditions Michel Lafon
en avril 2003

Imprimé en France
Dépôt légal : avril 2003
N° d'impression : 18504
ISBN : 2-84098-907-7